1인1묘
살림일지

1인1묘
살림일지

초판 1쇄 인쇄 2020년 2월 12일
초판 1쇄 발행 2020년 2월 19일

지은이 민정원

발행인 장상진
발행처 (주)경향비피
등록번호 제2012-000228호
등록일자 2012년 7월 2일

주소 서울시 영등포구 양평동 2가 37-1번지 동아프라임밸리 507-508호
전화 1644-5613 | **팩스** 02) 304-5613

ISBN 978-89-6952-380-8 03810

· 값은 표지에 있습니다.
· 파본은 구입하신 서점에서 바꿔드립니다.

1인1묘 살림일지

민정원 지음

경향BP

차례

완벽한 실내 생활을 위하여

바깥에서보다는 집 안에서 사용하는 물건들을
구입하는 데 돈과 시간을 쓰고 있지요.

뭐, 당연히 사고 싶은 물건이 있다고 해서 다 살 수
있는 건 아니라서 일단은 조용히 고민만 하다가,

한 달에 한 번 부자가 되었다고
착각하는 순간에 사버립니다.

물론 대부분 택배로 받습니다.

그런데 소비라는 게 항상 의도한 대로만
되는 게 아니다 보니 좌절에 빠지기도 하죠.

그러다 또 잘 꾸며놓은 집 사진들을 보면
의욕이 충만해지기도 하지만,

이내 눈에 들어온 월세집의 체리색 몰딩을 보며
완전히 의지를 잃어버리는 과정을 반복합니다.

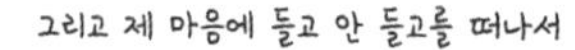

홍조가 너무 싫어해 쓸 수 없게 되기도 합니다.

그렇게 우리 집을 거쳐간 수많은 물건에게 애도를 표하며

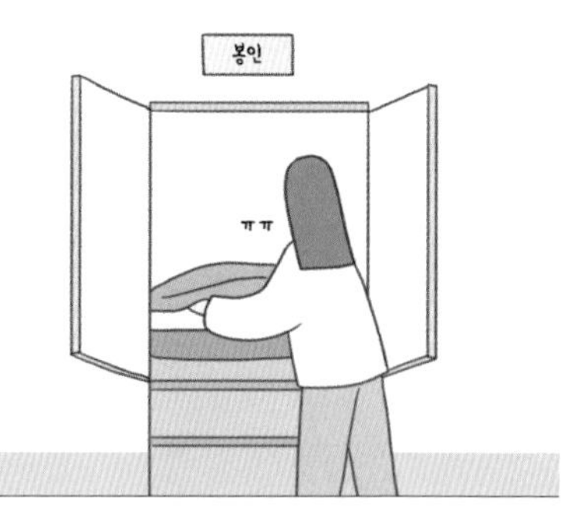

신중하게 골라 우리 집에 꼭 맞는 물건을 사는 것은
단순한 소비 이상의 가치가 있으니

다음 소비를 성공으로 이끌기 위해
열심히 고민하고 있습니다.

과연 언제쯤 이룰 수 있을까요?

MSYS

프리랜서인 나는 집 안에서 오랜 시간을 보낸다. 그러다 보니 자연스럽게 홍조와 함께 보내는 시간도 길고, 공유하는 물건도 많다. 대표적으로는 매일 함께 누워 자는 침대와 덮고 자는 침구가 있다. 홍조는 좋아하는 침구가 확실한 편이고, 나는 딱히 가리지 않는 편이라 대체로 홍조가 좋아하는 침구를 선택한다.
또 홍조가 옷장 위에 올라가고 싶어 하면 멀쩡한 옷장 측면에 구멍을 뚫어 캣 스텝을 설치하기도 하는 등 홍조와 내가 모두 즐거울 수 있도록 신경 쓴다. 그렇게 둘의 취향이 적절하게 섞여 지금의 우리 집이 완성되었다.
사실 우리 집이라고는 하지만 항상 같은 곳은 아니고, 서울 시내에서만 다섯 번 정도 이사를 다녔다. 하드웨어는 계속 달라진 셈이다. 그렇지만 사용하는 물건들은 크게 바뀌지 않았다. 홍조와 나의 취향이 담긴 가구와 함께 이사를 다녔다.
홍조와 내가 쌓아온 우리 집 이야기를 한번 해보고 싶었다. 원래 리빙 제품에 관심이 많기도 했고, 홍조와 살면서 생긴 특별한 에피소드도 있기 때문이다. 좋은 기회로 웹툰을 연재하고, 또 책으로 엮게 되어 감사한 마음이다.

먼지떨이

그다지 깔끔한 성격은 아닌데

어느 날인가부터 화장품 위의
먼지가 거슬리기 시작했다.

입으로 불어 없애기엔 양이 많고,

하나하나 닦자니 심히 귀찮아서,
먼지떨이를 장만해야겠다는 생각이 들었다.

먼지떨이 하면 옛날에 집에서 쓰던 무지갯빛
먼지떨이밖에 생각이 안 났는데,

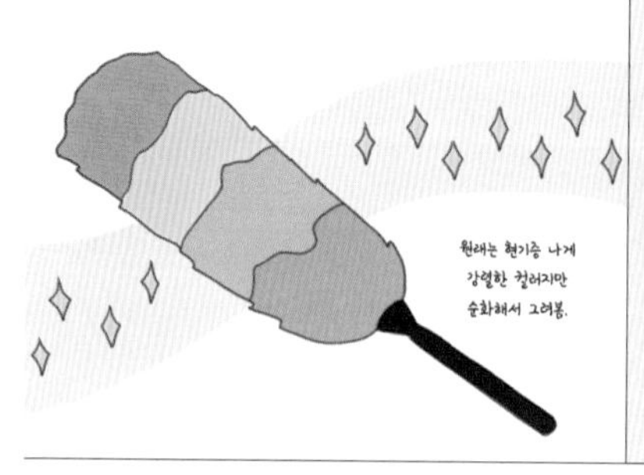

요즘 시중에서 살 수 있는 먼지떨이들은
소재도 모양도 너무나 다양하더라.

실패 없는 소비를 위해 후기들을 열심히 읽어봤다.

인터넷을 통해 얻은 정보를 간단히 정리해보면,
타조털로 된 먼지떨이는 사용 용도에 따라
사이즈를 고를 수 있는데,

조류의 깃털이다 보니 깨지기 쉬운
유리 제품이나 작은 소품의 먼지를 섬세하게
제거해준다고 한다.

양모 먼지떨이는 토실토실 귀여운 생김새인데,
양모 공기층 사이사이로 많은 양의 먼지도 잘 잡아주기에
실내용이나 차량용으로 두루 쓰이고 있다고 한다.

그러나 양모의 볼륨 때문에 작은 공간이나
물건들 사이를 섬세하기 털어내기는 어렵다고.

세 번째는 극세사로 된 먼지떨이인데,
깃털처럼 만들어진 극세사가 정전기를 일으켜
먼지를 싹 잡아준다고 한다.

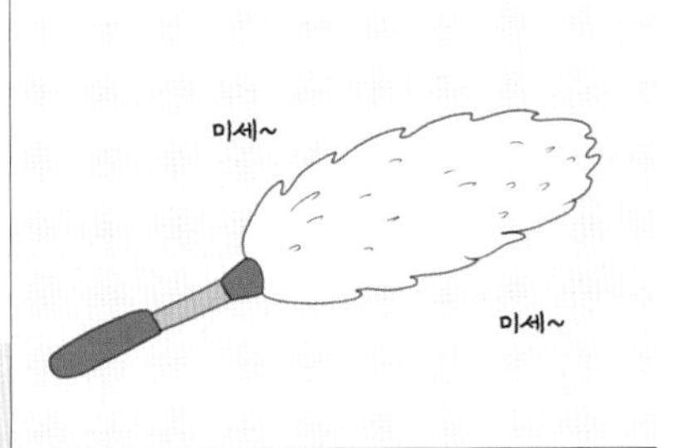

결국 나는 타조 먼지떨이를 사기로 했다.

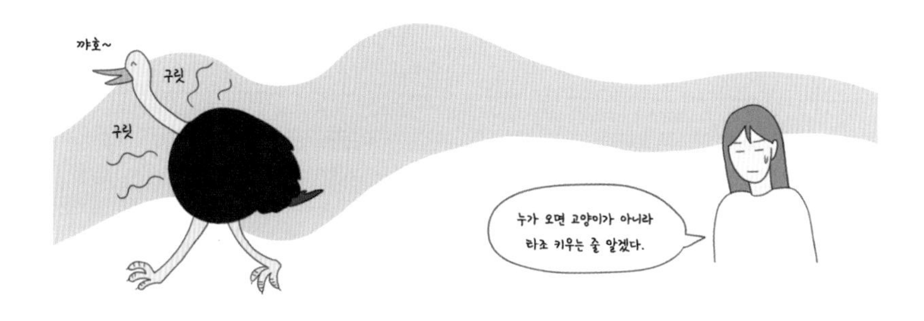

샥
바로 홍조다.
킁카
킁카
새잖아?!
<세상 흥미로운 표정>
으앗! 홍조야,
뭐하는 거야!!!
진지
?
이 몸은 지금
새를 잡고 있네만
웃기고 있네!
평생 집냥이
였으면서…

이리 줘.
치워야겠다.
<붙박이장 행>
휴, 무생물의
털을 샀어야 했군.
어리석었다.
내 자신~.
힝
집착모드
ON!
끙 끙
깽 깽
열려라!
음, 저걸 어쩌지….
이글
이글
홈조야,
간식 먹을래?
간식?
간식 좋지!
휙
다행히 간식으로 잊혀질 정도의 가벼운 집착이었다.

먼지떨이가 타조 깃털이라는 걸 알고 있었지만 구매하는 순간까지 별생각이 없었다. 홍조가 워낙 어른스러운 성격의 고양이라 '장난감과 구분하겠지?' 하고 낙관했기 때문이다. 그런데 먼지떨이를 집에 처음 가져갔을 때 홍조의 반응은 열광적이었고, 흥미가 식을 때까지 시간이 조금 걸렸다. 홍조가 흥미를 잃은 것 같아서 책장 옆 한편에 놓아둘 수 있었다.

보관은 해결됐지만 문제는 사용할 때였다. 먼지떨이가 가만히 제자리에 있을 때에는 크게 신경 쓰지 않았지만, 내가 먼지를 떨기 위해 흔들어대면 다시 흥미를 보이는 것이다. 내가 봐도 깃털이 달린 홍조의 장난감과 큰 차이가 없어 보이니, 100% 나의 미숙한 쇼핑 탓이라 할 수 있겠다.

나는 먼지떨이를 쓸 때마다 홍조의 눈치를 봐야 했고, 그 바람에 사용 빈도가 점점 줄어들었고, 급기야 장식품 역할만 하다 결국 얼마 전에 쓰레기통행이 되었다. 이후로는 먼지떨이 대신 물티슈로 모든 먼지를 제거하고 있다. 앞으로 다시 먼지떨이를 들이게 될지는 모르겠지만, 적어도 조류 깃털이 아닌 인조 소재로 된 것을 살 생각이다.

풍경

어릴 때 살던 집 거실에는 풍경이 달려 있었다.

어느 날 밤. 홍조와 함께 건물만 빽빽한 창밖을
바라보는데, 어릴 적에 듣던 풍경 소리가 생각났다.

바람이
기분 좋게 부네.

살랑

살랑

찾아보니 역시나 풍경도 다양한 제품이 나와 있었다.

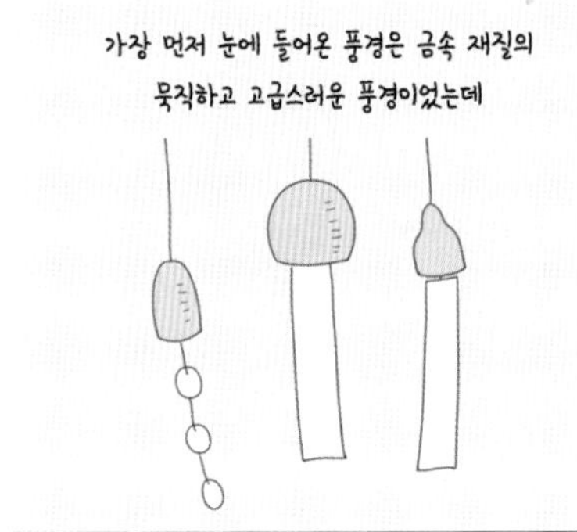

모양도 아름답고 청명한 소리를 내지만
가격이 부담스럽고 집에 어울리지 않아 살 수 없었다.

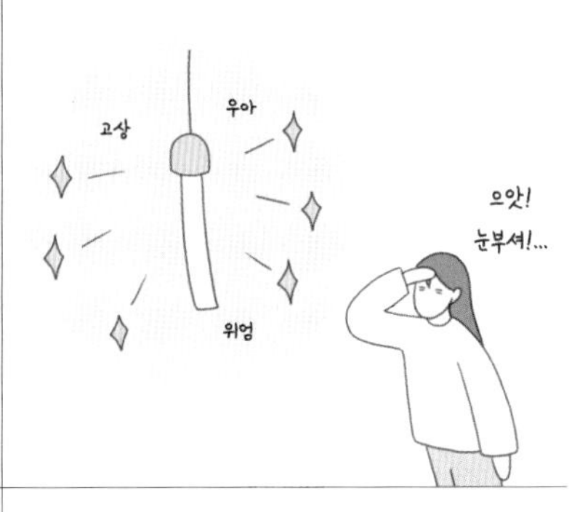

어릴 때 살던 집에 달려 있던 막대 달린 풍경은
여러 개의 막대가 부딪치며 풍성한 소리를 들려주었지만,

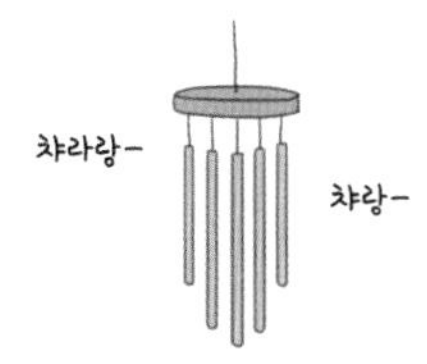

나는 하나의 소리가 울리는 것을 선호해서
뭔가 주렁주렁 달린 풍경들은 제일 먼저 제외했다.

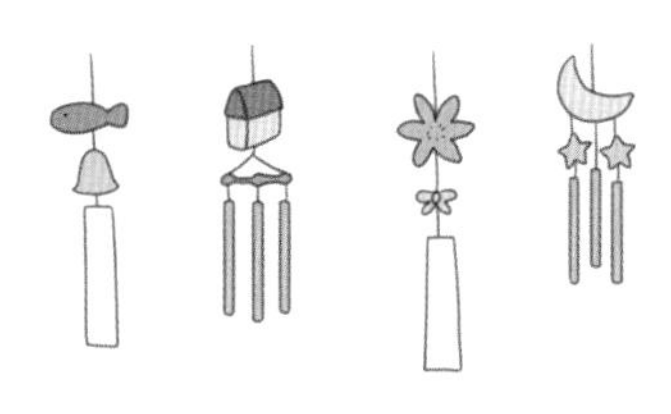

결국 아무것도 그려져 있지 않은 유리 풍경을 샀다.

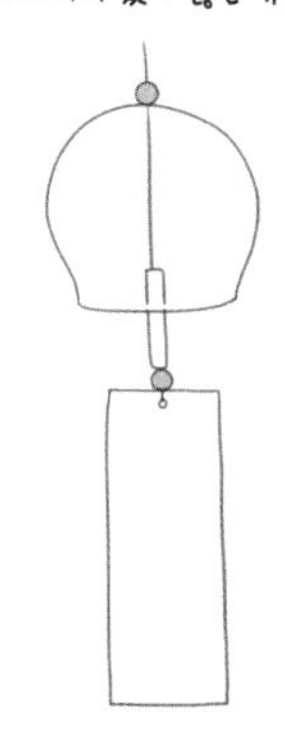

대망의 택배 도착일

유리 막대와 유리구가 부딪치는 구조라
소리가 생각했던 것과 달랐다.

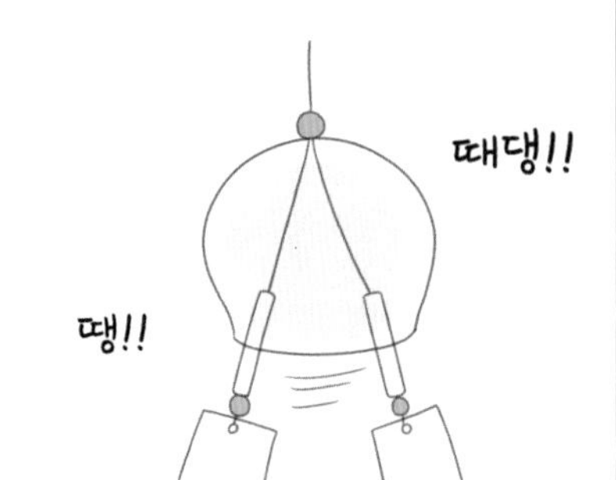

그래도 창문을 열어두는 계절 동안
유리 소재가 가장 시원해 보이니 후회는 없었다.

자, 이제 설치를 해야 하는데

월세집이라 천장에 못을 박을 수가 없으니

우선은 빨래 건조대에 걸어놓고,
멀찍이 앉아 바람이 불기를 기다려보기로 했다.

맥주도 준비됐고….
코~
잠
잠
주륵—
안 불어.
사실 우리 집은 통풍이 잘 안 된다.
콸콸
그럼 내가 치지 뭐, 하핫!
땡!
땡!
때댕~
땡!
화들짝
샤샥—
땡!
소리가 생각보다
좀 많이 끔찍한데?
환불할까?
땡
땡
땡

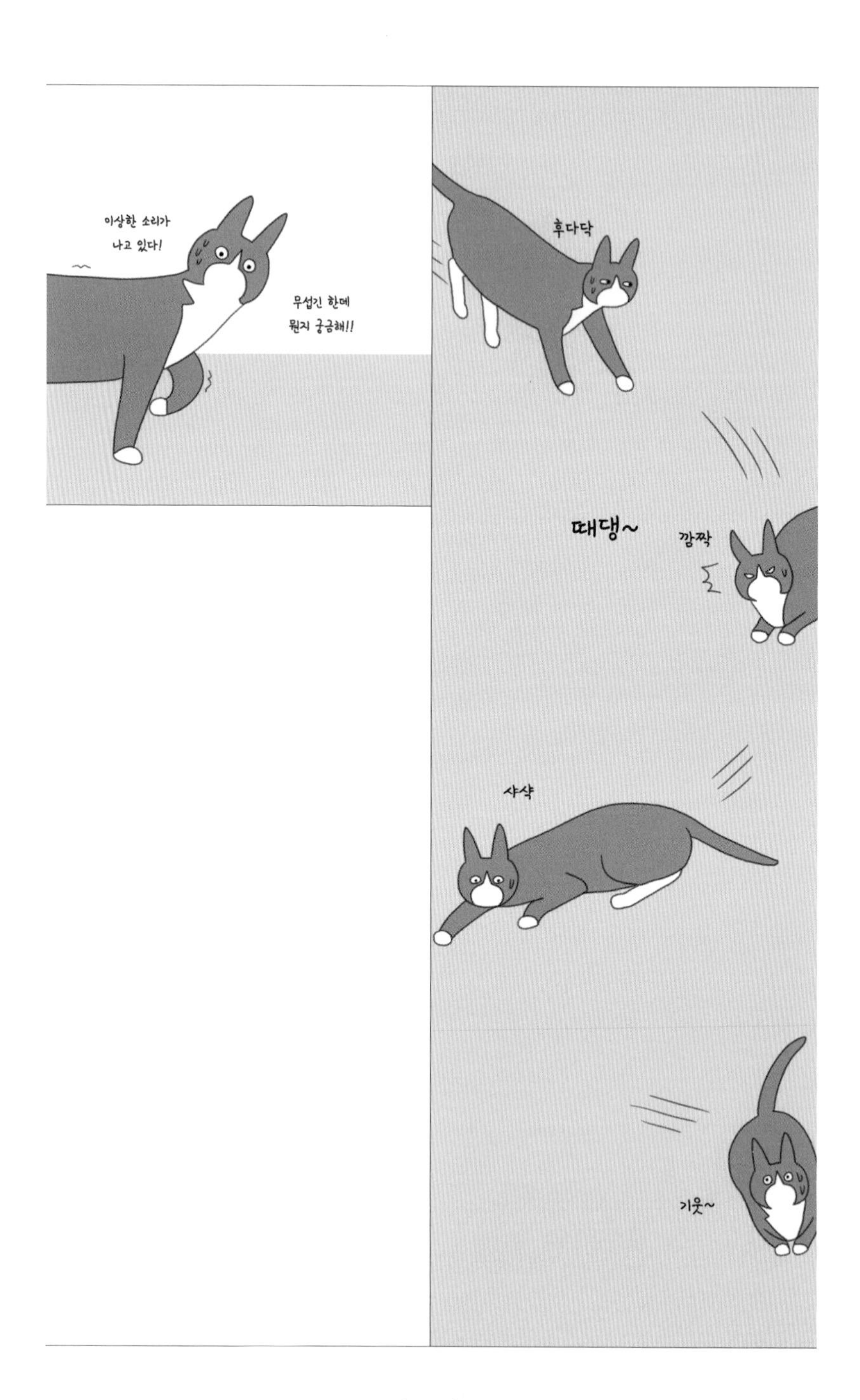
이상한 소리가
나고 있다!
무섭긴 한데
뭔지 궁금해!!
후다닥
때댕~
깜짝
샤샥
기웃~

앗, 홍조야.
이거 새로 산 거야.
귀엽지?
소리도 난다!
띠딩~
극혐
갸아악...!!!!
아, 미안.
땡!
그냥 총체적으로 망한 쇼핑이었다.

풍경은 내가 가장 실패한 쇼핑 품목 중 하나다. 당시 일하던 직장에 새로 입고된 풍경이 너무나 멋져 보이는 바람에 저렴한 것을 찾아 충동적으로 구매해버린 것이다. 생각해보면 고양이를 키우는 집에서 소음을 만들어내는 풍경을 걸어둔다는 것은 조금 위험할 수도 있다. 인간보다 청각이 예민한 고양이가 스트레스를 받을 수도 있기 때문이다. 원래도 그런 물건인데, 더구나 그때 구매했던 유리 풍경은 정말이지 끔찍한 소리가 났다. 선선한 초여름 밤바람에 홀려 가장 쓸모없고 어리석은 소비를 했던 나….
감사하게도 이후, 전 직장에서 함께 일하던 분에게서 멋진 풍경을 선물로 받았다. 아마 이 에피소드를 보고 선물해주셨는지도 모른다. 덕분에 나의 초여름밤에 대한 낭만은 여전히 유효하다. 아참, 풍경을 설치할 때에는 꼭 고양이 손이 닿지 않는 곳에서 해야 한다. 고양이의 점프력이 어마무시하다는 점을 간과하지 말자.

침대 프레임

몇 년간 쓴 철제 침대 프레임을 얼마 전에 버렸다.

여러 번의 이사를 함께하면서 부속품이 분실되고,
이음새도 많이 헐거워져서 더 이상 쓰기 어려웠다.

그래서 요즘은 매트리스만 놓고 생활하고 있는데

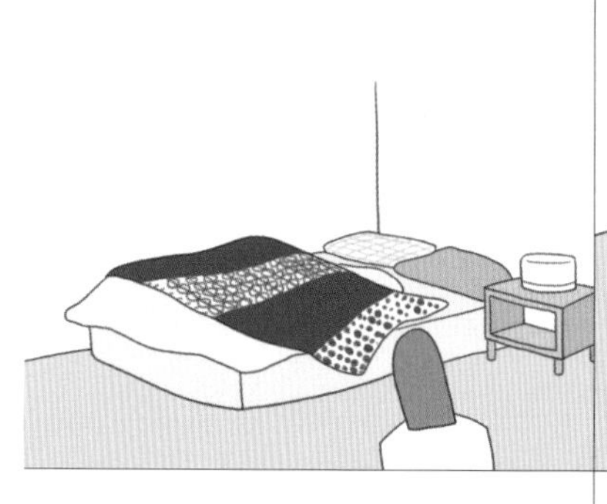

침대 프레임 높이만큼 천장이 높아져서인지
방이 탁 트여 보인다.

이대로 쓰는 것도 나쁘지 않은 것 같긴 한데,
홍조가 좋아하던 침대 밑 공간이 없어져서 조금 아쉽다.

여름에는 시원하게 들어가 있고

덥다, 더워….

한겨울에는 몸을 지지고 있기도 하고

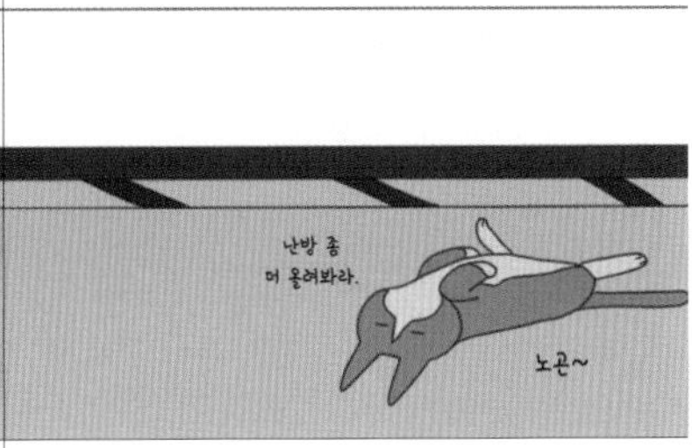

난방 좀
더 올려봐라.

노곤~

청소기를 피해 몸을 숨기기도 하는 공간이었다.

바들

바들

위-잉

게다가 매트리스만 놓고 생활하니
바닥과의 틈새에 먼지도 많이 끼어 청소도 어렵다.

단점을 늘어놓고 나니
새것을 사야만 할 것 같군.

침대 프레임을 사기 위한 검색의 대장정을 시작했고
이것저것 찾아보다가 재미있는 것을 발견했는데

호오?

고대 이집트에서는 침대가 권위를 상징하는 물건으로
프레임의 다리가 동물의 발로 되어 있었다고 한다.

그것도 사자(고양잇과 동물)의 발!!!

또한 고대 그리스 사람들은 침대를
식사나 독서하는 용도로 썼다고 하는데,

상상도 2

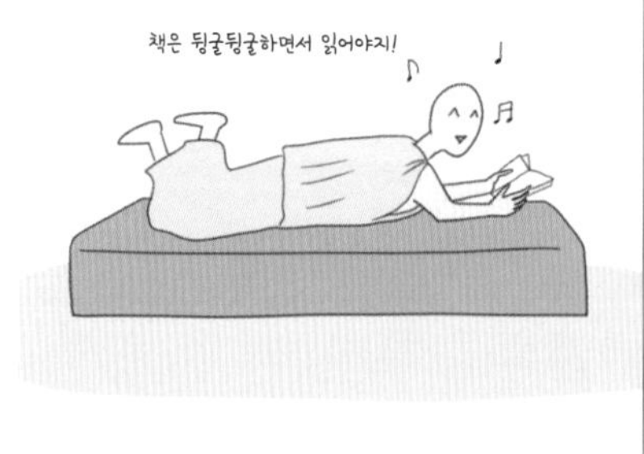

갑자기 진한 동료애가 느껴졌다.

다시 침대 프레임 구매를 위한 대장정으로 돌아가서,
우선은 저렴한 조립식 가구들부터 스캔해봤다.

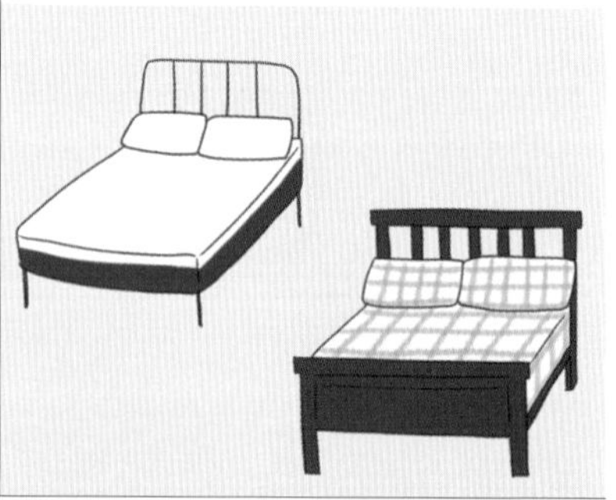

마음에 드는 디자인은 있었으나
조립식 가구에 안 좋은 추억이 있어 포기했다.

높이가 너무 높으면 홍조가 침대 밑에서
안정감을 못 느끼니까 안 되고,

수납장이 있는 것은 홍조가 열고 들어가
있을 것이 뻔하므로 아웃.

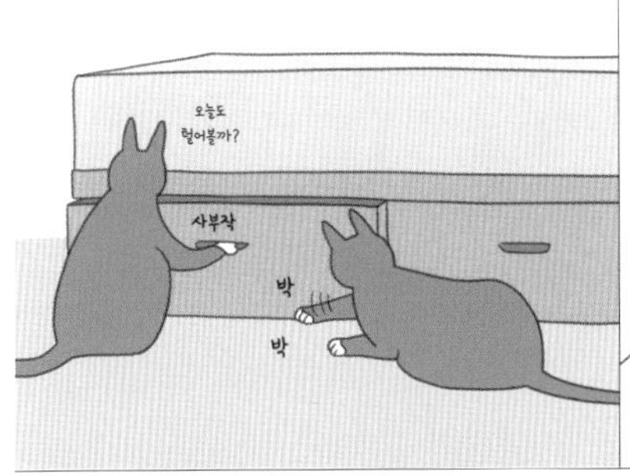

헤드에 뭔가를 놓을 수 있는 디자인에
잠시 마음이 흔들렸지만

내가 쓰면 너저분해질 수 있을 것 같아서 포기했다.

그렇게 고민은 끝날 줄을 모르고….

아무래도 크기가 크고, 사용 빈도가 높은 가구를 살 때에는
결정하기까지 더 많은 시간이 필요하다.

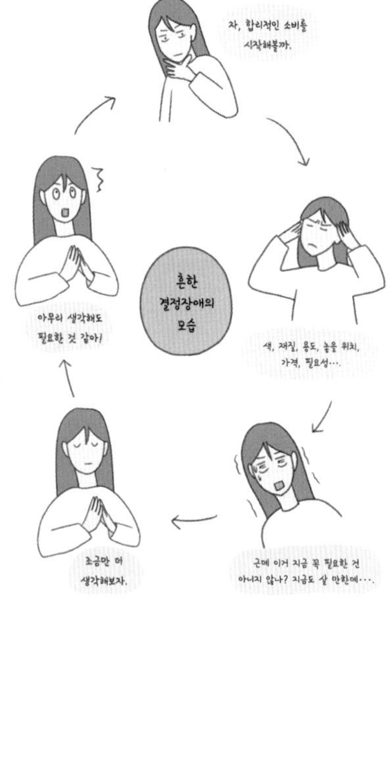

나는 이 의식의 흐름을 여러 번 반복하면서
몇 달 이상을 고민하기도 한다.
살지 말지
홍조한테 뽑기를 시켜봐야겠어.
물건을 사기 전에 약간 망설일 때나
귀여운 것을 보며 힐링하고 싶을 때에는
집사들 사이에 널리 퍼져 있는 고양이 뽑기를 한다.
홍조야~!
즐거운 뽑기 시간~!
자!
후두둑
흠…
곰 곰
곰 곰
타닷!!

부스럭

부스럭

물론 결과는 마음에 들 때까지~!

다시
뽑을까?

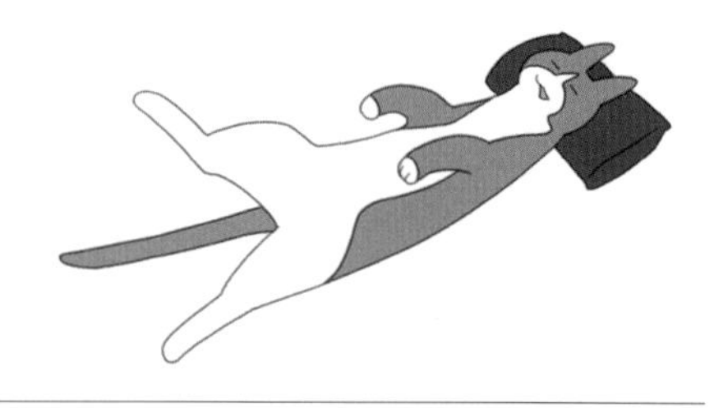

만화에 등장하는 철제 침대 프레임을 버린 이후 꽤 오랜 시간 동안 매트리스만 놓고 생활했다. 나를 포함해 자취생이 프레임 없이 생활하는 것은 흔한 일이라 그냥저냥 잘 생활했다. 그러다가 이사를 가게 되면서 새로운 침대 프레임을 장만했는데, 만화에서 절대 안 된다고 호언장담한 것과는 다르게 서랍이 붙어 있는 모델이었다. 이사 가는 집이 좁아서 수납공간이 부족했기 때문에 어쩔 수 없는 선택이었다.

다행히 홍조는 침대 프레임에 달려 있는 서랍에 큰 관심을 보이지 않았다. 내가 물건을 꺼내느라 서랍을 열면 그제야 '오호라, 거기 서랍이 있었나?' 정도의 반응이다. 이전 집에서 부엌의 간식 서랍을 열곤 했기 때문에 걱정했는데 홍조에게는 서랍의 존재보다 내용물이 중요한 모양이다. 새 집에서도 부엌의 간식 서랍에만 열광한다. 역시 내 옷가지가 들어 있는 서랍 따위에는 절대 에너지를 낭비하지 않는 스마트한 고양이다.

삐비비빅
삐비비빅
삐비비빅
끄으으으
알람이 울려 눈을 뜨면
홍조가 눈앞에 와 있고
격렬하게 날 깨우기 시작한다.
왜 벌써 아침이지?
일어났지?
얼른
일어나!
휙
홍조야, 나 5분만…
안 돼!
일어나!
꾹
꾹
아침은 홍조의 간식 시간이기 때문이다.
'내가 이렇게 귀여운데 안 일어날 거니?'의 눈빛
으으,
알았어.

졸린 눈으로 홍조를 따라 부엌으로 가서
부스스-
얼른 부엌 가자!
간식 그릇을 꺼낸다.
어디 보자~
빨리
빨리
오늘은 이걸로 하자.
탈탈
손바닥에 쏙 들어오는 크기의 그릇과 함께 시작하는 매일 아침.
자, 맛있게 먹어. 홍조.
오냐
애매한 크기 같지만 은근 쓰임새가 많다.
예전에 살던 집 아래 편집숍에서 산 유리그릇과 다X소의 도자기 그릇은 적당한 깊이로 습식 간식도 담기 좋아서 홍조의 간식 그릇으로 쓰고 있다.

반찬을 조금씩 덜어 먹을 때도 좋고,

야트막한 작은 그릇들은 커피와 함께할
다과를 담거나 티백을 놓아두기에 좋으며

당연히 간장이나 케첩 같은 소스를 담기에도 딱이다.

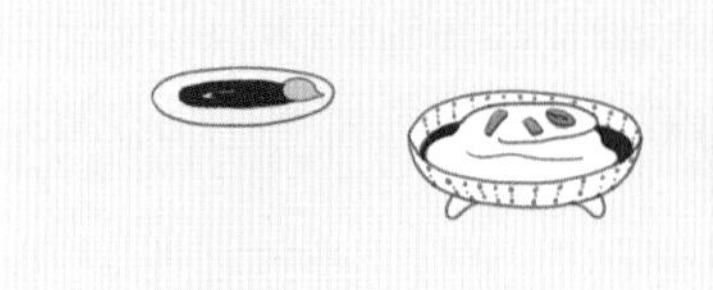

여럿이 먹는 자리에 꺼내놓으면
그릇이 모두 다른 모양인 것이 오히려 재미있다.

색감이나 모양이 특히 마음에 드는 그릇은
화장대 위에 두고 좋아하는 물건들을 올려놓기도 한다.

'예쁜 것+예쁜 것'이라 기분이 좋아진다.

그래서 퇴근길 생필품을 사러 마트에 가거나

멈칫

여행지의 소품 가게에 가면
작은 그릇들에게서 눈을 떼지 못하고

꼭 하나씩 사 모은다.

집으로 돌아와서는 홍조에게 새로 산 그릇을
자랑하는 시간을 가진다.

간 식 !!!
<듣고 싶은 것만 듣는 고양이>
가자, 가자~!
얼른 부엌으로 가자!
이거 봐,
엄청 예쁘지.
오늘은 무슨 간식이야?
으쌰
설거지해놔야지~!
잉?
내 간식은?
간식은 당연히 아침에
한 번만 먹는 거지!
무슨 소리야~.
깐족

째릿!
갈갈갈~
다양한 모양의 작은 그릇을 모아보세요!

우리 집에는 사람용 간장 종지와 홍조용 간식 그릇이 있다. 사람용은 3개, 홍조용은 7개 정도 되는데 겉보기에는 거의 똑같아서 나 이외의 사람들은 구분하기 어렵다. 손님이나 친구들이 방문했을 때 간장 종지를 꺼내 달라고 부탁하면 홍조용 그릇을 꺼내오기 일쑤다. 일반적으로는 사람용 그릇이 더 많을 것이라고 생각한다. 그러나 홍조에게 매일 아침 간식을 주고 있으므로 사용 빈도를 따지면 홍조용 그릇이 많은 게 합리적이다.

원래부터 그릇 쇼핑을 좋아하기도 하지만, 간장 종지 크기의 그릇은 어느 가게에 가도 가격대가 저렴해서 부담 없이 구입하게 된다. 매일 사용하는 물건을 부담스럽지 않은 가격에 다양하게 구비할 수 있으니 내게 있어 최적의 '소확행'이라고 할 수 있다. 또 그릇은 언젠가는 깨진다. 아무리 조심해도, 설거지할 때 미끄러지거나 실수로 떨어뜨려 깨뜨리기 때문에 절묘하게 개수 밸런스가 맞춰진다. 앞으로도 나는 부담 없이 홍조의 간식 그릇을 사며 소소하지만 확실한 행복을 즐길 테고, 또 실수로 깨뜨리면서 밸런스를 맞출 것이다.

커다란 식물

나는 식물 바보였다.

동물 키우는 일은 자신 있는데

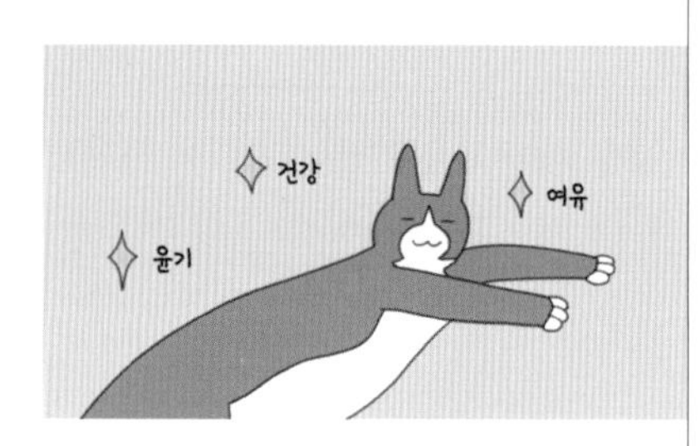

식물은 나의 부주의함으로 대부분 한 해를 채 넘기지 못하고 죽고 말았다.

그래서 몇 년간 절대 스스로 식물을 사지 않았다.

그러다 이사를 계기로 갑자기 큰 식물을 들이고 싶어졌다.

하지만 큰 식물은 한 번 들이면 버리는 것도
큰일이니 이것저것 고려해봤다.

우선은 '키우기 쉬울가'

두 번째는 '고양이에게 해롭지 않은가'

실내 공기정화 식물로
유명한 산세베리아

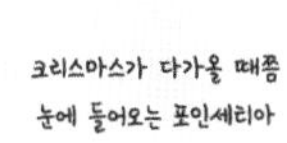

크리스마스가 다가올 때쯤
눈에 들어오는 포인세티아

실내에서도 쑥쑥 잘 자라는
아이비나 행운목

철이 되면 보고 싶어지는
튤립, 국화 등

주변에서 일상적으로 볼 수 있는 식물 중에서도
고양이에게 해로운 것들이 있다. 가볍게는 구토 증세부터 신경마비,
심하면 사망에 이를 수도 있으니 매우 주의해야 한다.

세 번째는 위와 비슷한 맥락에서
'홍조가 물어뜯지 않을만 한 것인가'

전에 아레카 야자 잎을 얻어 온 적이 있었는데,

집에 돌아와 화병에 꽂자마자
홍조가 신나게 뜯기 시작했다.

그래서 가늘고 긴 잎을 가진 식물은 제외하기로 했다.

네 번째는 '가격'

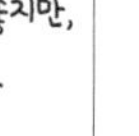

사실 큰 꽃시장에 가서 직접 보고 사는 게 싸고 좋지만,
누워서도 살 수 있기 때문에 나가지는 않았다.

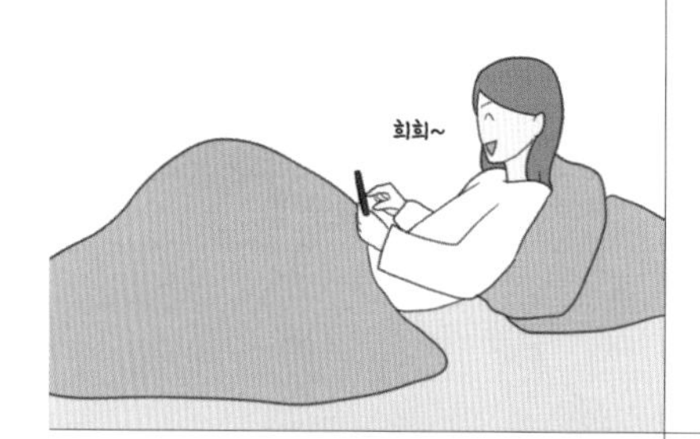

온라인에서도 예쁜 화분에 분갈이가 되어 있는 것들은
비싼 편이라 일반 플라스틱 화분에 심겨 있는 것을
사서 바구니를 씌우기로 했다.

이제 드디어 식물만 고르면 되는데…!

<후보1> 몬스테라

거장 마티스의 그림에 자주 등장하는 식물로
커다란 잎이 아름다워 인기가 많다.
그러나 대형으로 사려면 가격이 만만치 않아 포기했다.

<후보2> 군자란

매끈하게 뻗은 둥그스름한 잎이 너무나 귀여운 군자란.
그러나 보통 난 종류는 키우기가 어렵고,
결정적으로는 고양이에게 해로워서 탈락.

<후보3> 아라우카리아

호주 삼나무라고도 하는 아라우카리아는 수형이 아름답고 겨울 시즌에 크리스마스 트리로 쓰기 딱이라 매우 끌렸으나 이 식물도 고양이에게 해로워 탈락!

수일에 걸친 고민 끝에

대형 극락조 두 포기를 데려왔다.

시원하게 뻗은 잎이 있는 식물이 집에 들어오니 분위기가 확 달라졌다.

홍조도 몇번 킁킁거리기만 하고 먹거나 괴롭히지 않았다.

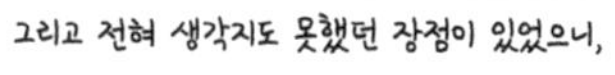

고양이와 식물의 케미가 엄청나다는 것.

~우아함~
~색감 오져~
아름다워!!!
홍조야,
여기 봐~
찰칵
옹지,
너무 예쁘네~!?
찰칵
거의 뭐 최고의 장점 발견
찰칵
찰칵
아~!
큰 식물 들이길
정말 잘했어.
코 쓱—

우리 집에 방문하는 손님에게서 “잎사귀가 큰 식물을 좋아하시나 봐요?”라는 말을 들은 적이 있다. 대답하자면, 아니다. 잎이 커다란 식물을 들이게 된 이유는 전적으로 홍조 때문이다. 나의 취향은 오히려 가늘고, 북쪽 지방에 살 것 같은 나무에 가깝다. 극락조 이외에는 대부분 선물로 받은 것으로 내가 고른 것이 아니다.

그러던 어느 날, 너무나 키워보고 싶은 식물을 사이버 세상에서 마주쳤다. 이름은 은엽 아카시아. 나는 평소에도 미모사 꽃이 나올 계절이 되면 꽃시장에서 한 단을 사다가 집이나 작업실에 꽂아두곤 하는데, 그 꽃을 눈앞에서 생생하게 볼 수 있다니…, 강렬한 충동을 이기지 못하고 구매해버렸다.

나와 식물 취향이 같은 홍조는 당연히 이 식물을 좋아했다. 은엽 아카시아도 우리 집이랑 잘 맞는지 매일매일 새로운 잎이 나고 있다. 하지만 호시탐탐 홍조가 노리는 아래쪽은 잎이 듬성듬성하다. 과연 무사히 꽃을 피워낼 수 있을까?

내 방에는 몇 년 전 구청 재활용센터에서 산 커다란 5단 서랍장이 있다.

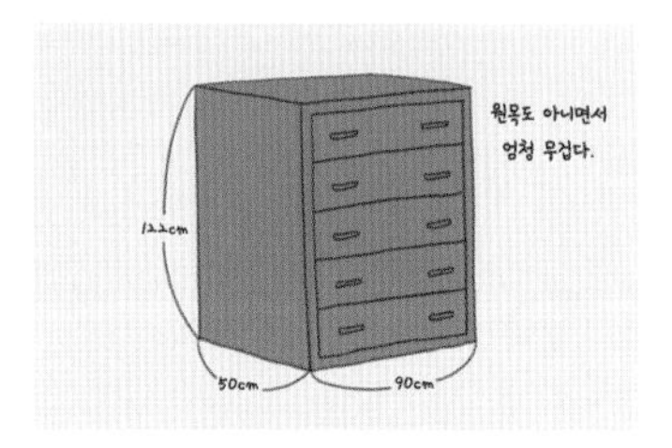

든든한 수납력을 자랑하지만 컬러가 조금 슬프다.

지긋지긋한 체리 지옥에서 벗어나고픈 나는 셀프 페인팅 방법을 검색해봤다.

요즘은 페인트도 작은 용량으로, 친환경 꼬리표를 달고 다양한 브랜드에서 나오고 있었다.

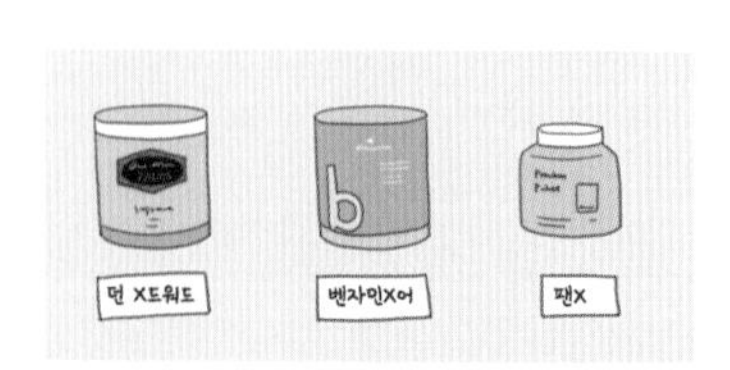

인터넷 사이트에서 구매도 쉽게 할 수 있고,
컬러 차트도 잘 되어 있어 고르기 편하다.

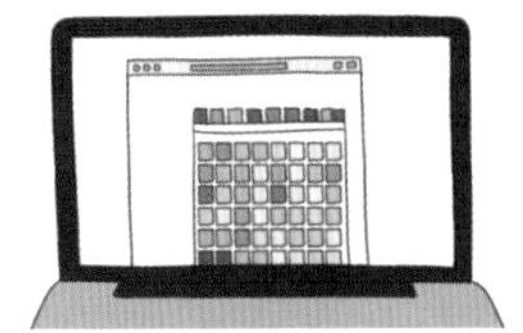

그러나 모니터나 스마트폰의 화면 색감에 따라
컬러가 다르게 보일 수 있어 매장을 직접 방문했다.

매장에서는 인쇄된 컬러 차트를 보며 색을 고를 수 있고,

수많은 색이 있으니 계열 정도는 정하고 가야 고민을 줄일 수 있다.

색을 고르면 그 자리에서 바로 조색하여
페인트로 만들어준다.

그러나 괜찮지 않았고 정말 생각보다 밝았다.
전문가의 조언을 꼭 참고하도록 합시다.

페인팅에 필요한 소모품들도
함께 살 수 있어서 매우 편리했다.

그러나 페인트를 여러 통 사야 하는 분들은
온라인에서 주문하는 게 좋겠다.

집에 돌아와서 우선 복장을 갖춰 입고,

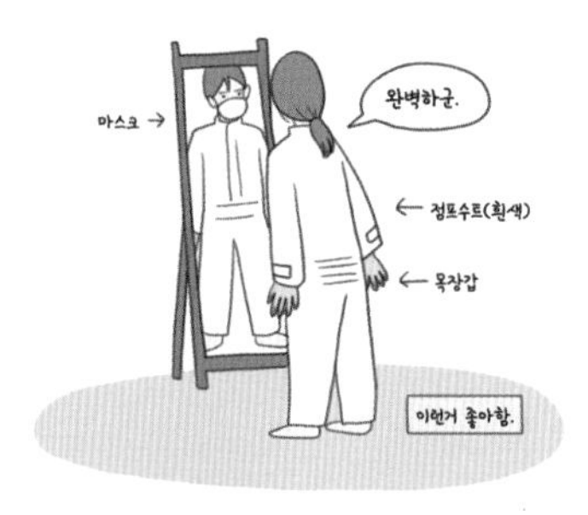

서랍장 분해부터 시작했다.

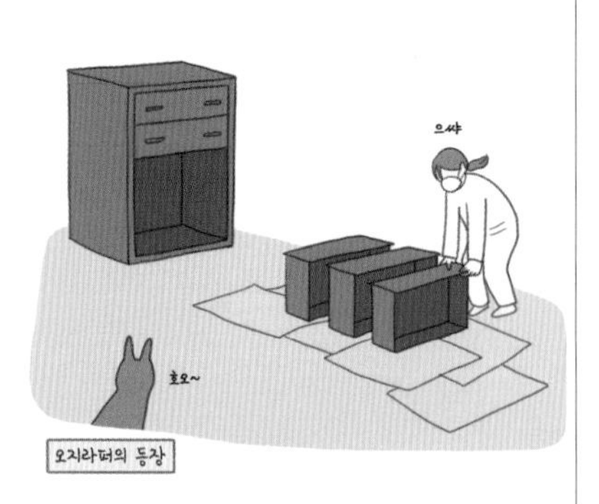

이후 작업 순서는 다음과 같다.

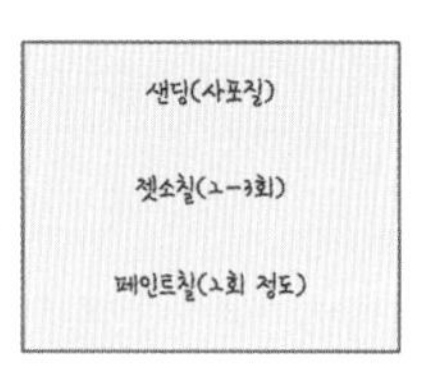

샌딩 작업 중

샌딩할 때는 먼지가 많이 날리므로 반드시 실외에서 작업한다.
다음 순서인 젯소가 잘 먹도록 균일하게 문질러주고,
걸레로 한 번 닦아 표면을 깨끗하게 마무리한다.

젯소칠

샌딩을 마친 후 젯소칠할 준비를 한다.
바닥에 튈 수 있어서 신문지를 깔아주었다.

이 단계부터 홍조가 접근하지 못하게
하느라 긴장했다.

1회 칠한 후 마를 때까지 홍조를 철저하게 마크한다.

부담스러운 눈빛을 이겨내며 2회째 칠.

2회째도 마를 때까지 철벽 방어한다.

건조 시간이 생각보다 오래 걸려서

페인트칠은 다음 날로 미뤘다.

홍조야, 자자~!
완전 고양이 테마파크
히힛 ♪~
꺄오 ♬
꺄 ♪
꺄 ♩♪
♬♩♪
쏙
안 오고
뭐하고 있어~?
번쩍
그만 놀고
얼른 자자.
꺄웃
코오오-
힝
다음 날, 페인트칠
요즘 페인트들은 수용성이고 냄새도 그리 심하지 않아
실내에서도 작업할 수 있다.
작업 중간중간에 환기만 잘 시켜주자.
문 활-짝-
춥다...
페인트칠할 때는 어제보다 홍조의 방해가 걱정되었지만,
오늘은
페인트니까
머머웃 안 돼!

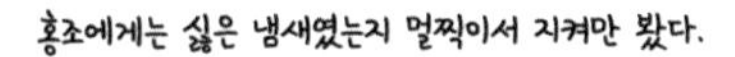

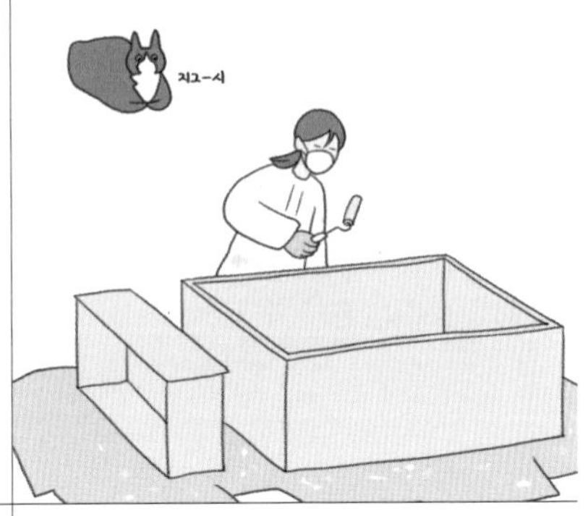

색이 잘 나올 때까지 두 번 정도 칠하고,
손잡이 같은 부속품까지 칠해주면

내가 원하던 차분한 회색 서랍장으로 변신 성공!

비교적 얌전히 협조해주셔서
별 탈 없이 일을 끝마치게 해 주신
홍조님께 감사의 인사를 드립니다.
엣헴
넙죽

그러나 어느 고양이 집사분께서
셀프 페인팅을 시도하려 하신다면
두 번은 무리야.
그냥 처음부터 색이 예쁜 가구를 사시길.(단호)

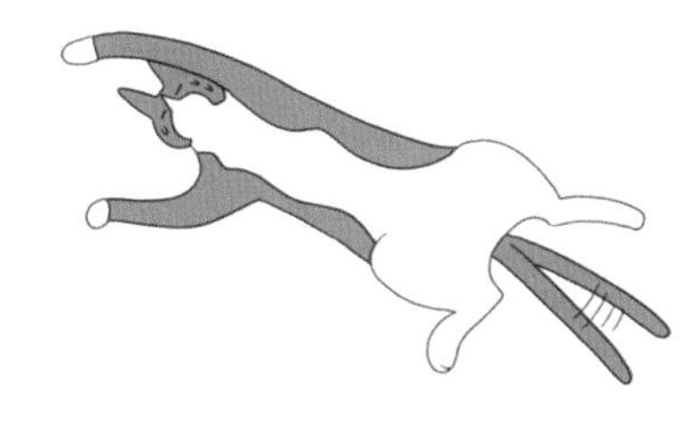

무슨 생각으로 그 커다란 서랍장을 칠하겠다고 결심했는지 모르겠다. 당시 매일 보던 체리색이 지긋지긋해지던 참에, 좋아하는 작가의 만화 신작에서 셀프 목공에 대한 이야기를 읽고 근거 없는 자신감이 생겼던 것 같기도 하다.
그 서랍장은 처음 친오빠와 살게 되었을 때 재활용 센터에 가서 저렴한 가격에 구입한 제품이었다. 처음 구매했을 때에는 재활용 업체에서 배달해주어서 무게를 생각해본 적이 없었는데, 서랍장을 분해하자마자 팔뚝에 실리는 묵직한 느낌에 작업이 쉽지 않으리라는 생각이 들었다. 하지만 이미 페인트까지 사온 마당에 이제 와서 포기할 수는 없었다.
작업은 힘들었지만 페인트칠을 하는 동안 홍조가 옆에서 계속 얼쩡거려 주었던 게 사기 진작에 많은 도움이 되었다. 물론 홍조는 우리 집 거실에 새롭게 생긴 서랍장 테마파크 자체를 흥미로워한 것이었지만. 워낙 높이가 큰 서랍장이라 홍조가 올라갈 수 있도록 늘 서랍장의 두 번째 칸을 살짝 열어놓곤 했는데, 덕분에 귀여운 사진을 많이 남겼다.
이사를 다니며 서랍장과는 이별했지만, 남은 사진들을 보면 여전히 페인팅하길 잘했다고 생각한다. 하지만 역시 두 번은 못할 것 같다.

청소기

고양이는 털 달린 동물로,

털을 뽑기 위해 태어난 게 아닌가 싶을 정도로
털이 빠진다.

그래서 홍조를 데려온 이후
항상 테이프 클리너를 구비해놓게 되었는데,

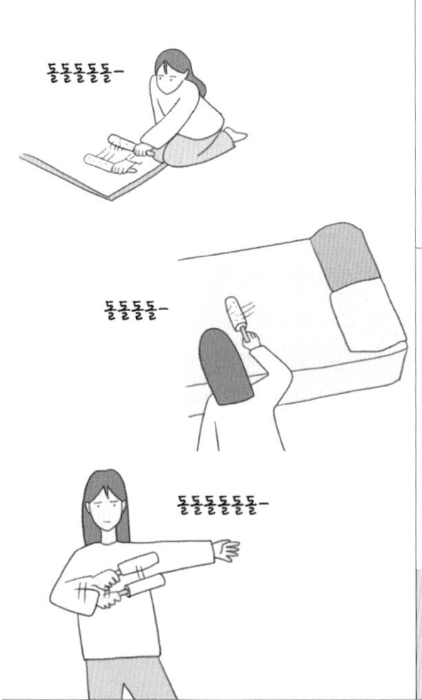

홍조 털, 발톱, 각질에 인간의 털과
각질까지 청소할 수 있으니,

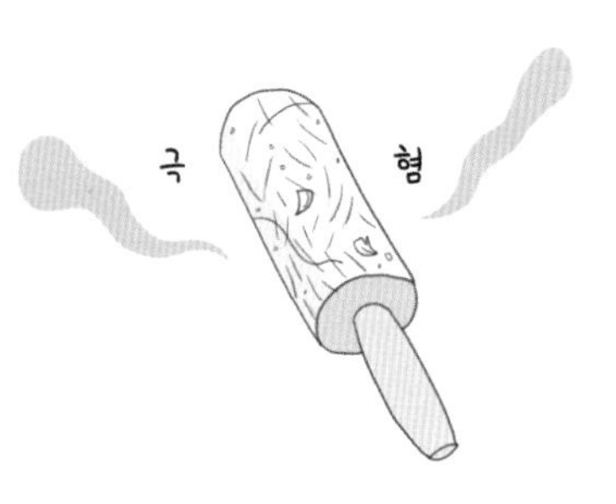

이 제품을 만든 분을 찾아가서 절이라도
올리고 싶을 정도의 필수템이다.

그러나 헤이프 클리너로 온 집 안을 청소할 수는 없으므로
그 외에도 빗자루,

무선 청소기,

위이잉

유선 청소기 등 다양한 장비로 홍조의 털과 맞서왔다.

빗자루질만 하다가 처음으로
청소기가 생겼을 때는 신세계였지만,

먼지통
역시 현대의
문명과 기술!
찬양해!

부지런히 청소기를 돌리는 것도 한두 달뿐,
베란다에서 청소기를 꺼내 코드를 꽂고
청소기를 돌린 다음 다시 청소기를 집어 넣는 일이

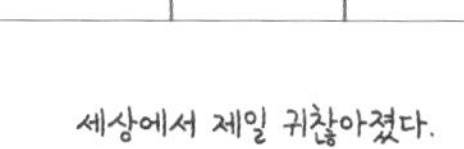

세상에서 제일 귀찮아졌다.

혹시 작은 무선 청소기가 있으면
가볍게 자주 청소할 수 있지 않을까 싶어,
콤팩트한 충전식 무선 청소기를 샀다.

라고 생각했던 것도 잠시.

작디 작은 무선 청소기로 당시 투룸이었던 집을 다
청소하기엔 시간이 너무 많이 걸려 다시 귀찮아졌다.

즉, 청소기란 너무 크면 꺼내기가 귀찮고
너무 작으면 청소가 힘들어지는 관계에 놓여 있는 것이다.

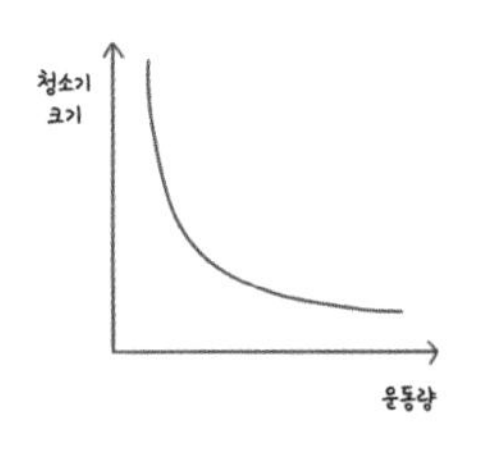

그 사실을 깨달았을 때쯤
런던에 있는 친구 집에 놀러가게 되었다.

친구네는 바닥이 카펫이라 청소기가 꼭 필요한 집이었고,
그곳에서 청소기계의 거성 다X슨을 경험하게 된다.

하지만 높은 가격대에 이내 좌절.

또는 본가에 갔다가

마주한 로봇 청소기.

로봇 청소기를 쳐다보는 빛나는 내 시선을 본 어머니는
내 구매 욕구를 한 번에 없애버렸다.

결국 나는 아까의 반비례 그래프로 돌아가
적절한 청소기를 찾아내야만 했다.

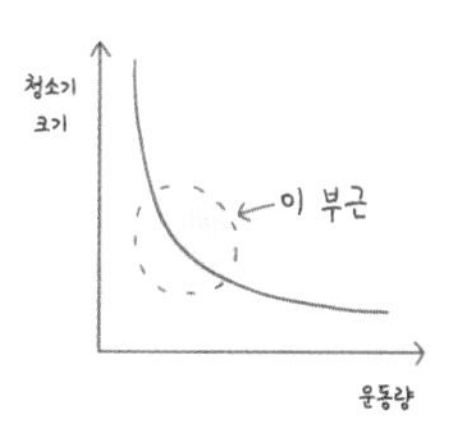

그리고 발견한 적당한 크기, 성능의 무선 청소기!
짜 잔
우왓! 밀기 편해!
가벼워! 헤드 크기도 적당해!
부오옹-
게다가 홍조도 약간 덜 무서워한다.
유선 청소기 사용 시
피융-!!
이미 도망침
홍조야,
청소 좀 할….
요즘
지그-시
도망가지 않고
청소기가
다가오는지 관찰함.
부오옹-

하지만 생각해보면 저 같은
게으름뱅이가 아니라면 어떤 청소기를
쓰든 상관이 없는 것입니다.
10000
1000
또 누우러
가야겠다~!
후다닥
나도
나도

세상에는 청소기를 전혀 무서워하지 않는 고양이들도 있다고 한다. 로봇 청소기를 타고 다니는 고양이, 청소기로 몸을 문질러도 가만히 있는 고양이의 동영상을 본 적도 있다. 하지만 홍조 눈에는 청소기가 지옥에서 온 사자같이 보이는 모양이다.
예전에 쓰던 가정용 유선 청소기는 소음도 굉장했고, 제품 자체의 크기도 컸는데, 홍조는 베란다에서 청소기를 꺼내기만 해도 부리나케 도망을 갔다. 코드도 꽂지 않았는데 말이다. 지금 사용하는 무선 청소기도 여전히 싫어하기는 하지만, 헤드가 자신을 향하지 않으면 봐줄 만한 정도로 바뀌었다.
무선 청소기를 사용하게 되면서 자주 돌리는 만큼 먼지가 줄어들 거라 생각했는데, 청소기 먼지통에 쌓이는 먼지는 그 횟수만큼 늘었다. 역시 고양이와 함께 사는 집은 어쩔 수 없다. 홍조야, 네가 아무리 싫어해도 이 집에서 청소기가 사라지는 날은 오지 않을 거야….

나는 태생적으로 물건 정리를 못한다.

물건의 '제자리'라는 게 없고,

그 대혼란 속에서 물건을 잘 찾아내기 때문에
더욱 물건을 정리할 필요성을 느끼지 못한다.

그러나 어느 순간부터 메인 스트림이 된 '미니멀리즘'
라이프 스타일의 영향을 받게 되면서

나의 집 꼴이 너무 흉측해 보였다.

그리하여 시작된 나의 물건 정리.
첫 번째 정리 대상은 책이었다.

소장이라는 미명 아래 한 번 읽고 다시 꺼내보지 않았던 책을 모두 추려내어 중고 서점에 팔았다.

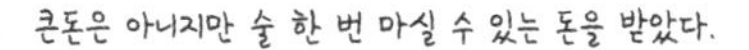

큰돈은 아니지만 술 한 번 마실 수 있는 돈을 받았다.

그 이후로는 동네 도서관을 자주 이용하고 있다.

다음 정리 대상은 옷.

워낙 옷을 좋아하기도 하고, 선물로 받은 것도 많아 이사 때마다 큰 부피를 차지한다.

정리하다 보니 낡거나, 말도 안 되는 사이즈거나
스타일이 바뀌어 더 이상 입지 않을 옷들이
한 무더기 나왔다.

인터넷 검색으로 헌옷 수거 업체를 불러 팔았더니
이번엔 커피 두 잔 값 정도를 벌었다.

가장 버리기 어려운 물건은 추억이 담긴 것들이었는데

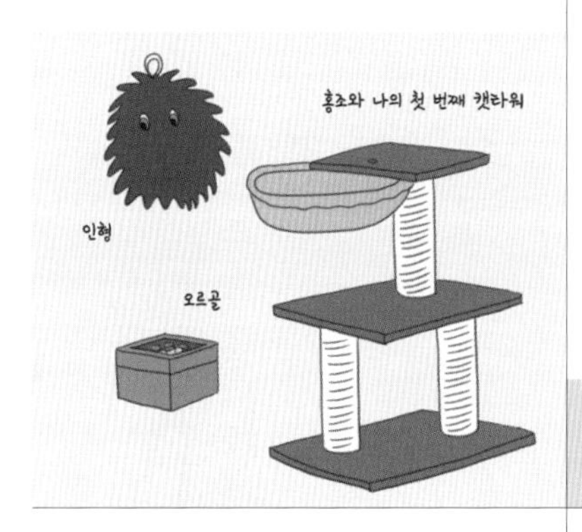

생각해봤을 때 정말 필요가 없는 물건들은 버리고,
쓸 만한 것들은 나눔했다.

<캣타워 나눔의 현장>

근데 이렇게 버렸는데도
집이 계속 어지러운 이유는 뭘까.

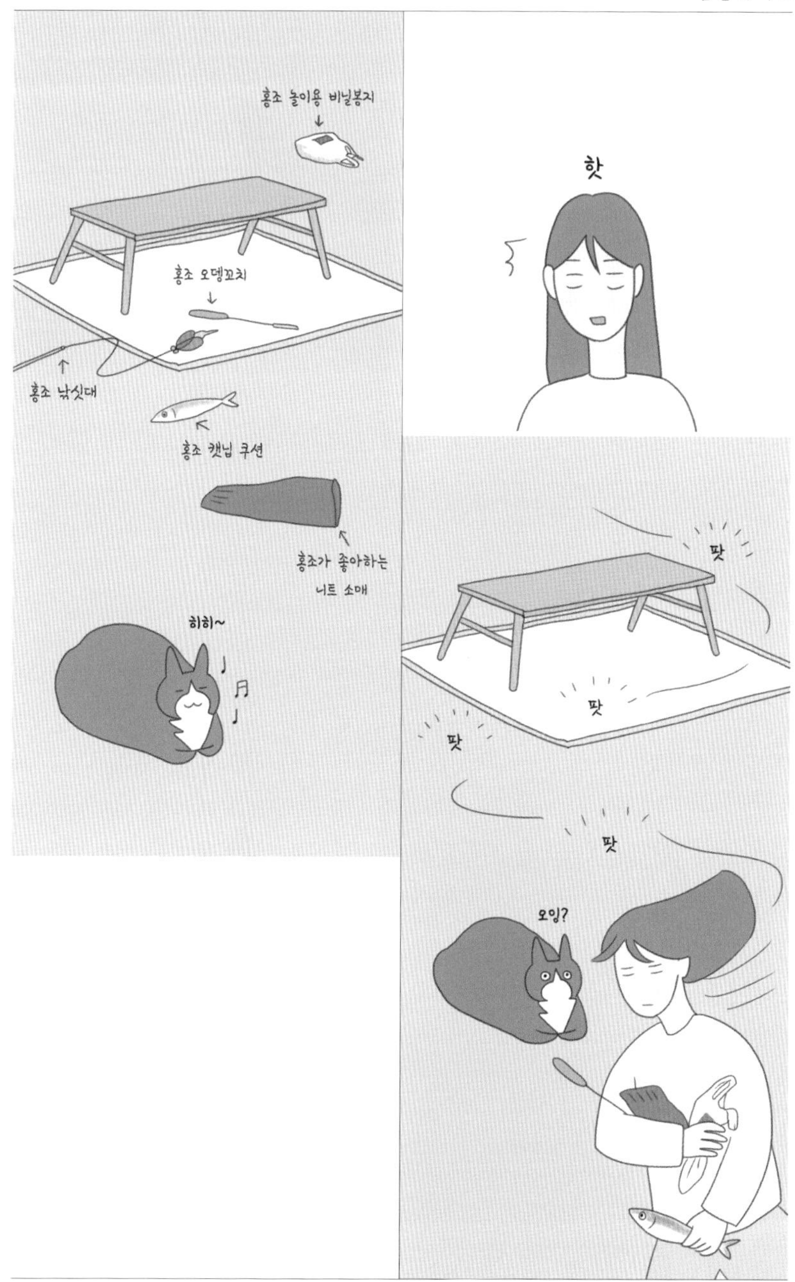
홍조 놀이용 비닐봉지
홍조 오뎅꼬치
홍조 낚싯대
홍조 캣닙 쿠션
홍조가 좋아하는
니트 소매
히히~
핫
팟
팟
팟
팟
오잉?

뿌듯~
이제야 좀 깨끗하군.

우와 진짜~
엄청 깨끗하다!

그럼 이제 깨끗한 방에서 잠시 놀아보까옹?
꿍실
꿍실

근데 홍조 너 물건들도 너무 낡아서 버려야 될 것 같아.
꼬질~
사는 김에 모래랑 사료도 같이 주문해야겠다.

장난감들이랑, 스크래처랑,
우와, 이건 뭐지? 홍조가 좋아하겠다.
이것도 저것도···.
똑똑똑…
택배요~!
네!
새 스크래처들
새 장난감들
캣그라스
재배 세트
바스락 터널
복작
꺄오~
새거다!
복작
미니멀 라이프는
안 되겠다.
애초에 불가능하네 이게···.

ETS 개발 토익문항 최다 수록!
Wilson

집 정리를 할 때마다 항상 이런 생각을 한다. '어째서 사람 한 명과 고양이 한 마리가 사는데 이렇게 많은 물건이 필요한 걸까?' 아무리 줄이고 또 줄여도 편리한 생활을 위해 절대 포기할 수 없는 물건들이 있고, 심지어 그 수가 많아 괴롭다. 게다가 고양이와 함께 사는 인구가 늘어나고 인식이 긍정적으로 바뀌면서, 고양이 전용 물품들이 우후죽순으로 출시되고 있다. 집사로서 그 유혹을 떨쳐내기가 여간 어려운 일이 아니다.
그리고 고양이라는 생물은 때론 이해할 수 없는 엉뚱한 물건들에 집착한다. 버리려고 내놓은 스웨터의 팔 한 쪽이라든지, 기타를 팔고 남은 기타 거치대라든지…. 그러면 더 이상 쓸모없는 물건인데도 홍조가 좋아한다는 이유로 버리지 못하게 된다. 홍조가 좋아하는 물건은 주기적으로 바뀌는데, 요즘은 방음을 위해 현관문에 붙인 방음재를 좋아한다. 꽤 자리를 차지하는 물건이지만 홍조가 그 위에서 낮잠을 자곤 해서 옷장 위에 그대로 쌓아두고 있다. 집을 깨끗하게 하려면 어느 정도 냉정한 집사가 되어야 할 것 같다.

와인잔

스테인리스 물그릇을 사용하던 홍조.

요즘 고양이들의 음수량을 늘리기 위한 유리그릇,
고양이용 정수기 등 여러가지 제품이 나오고 있길래

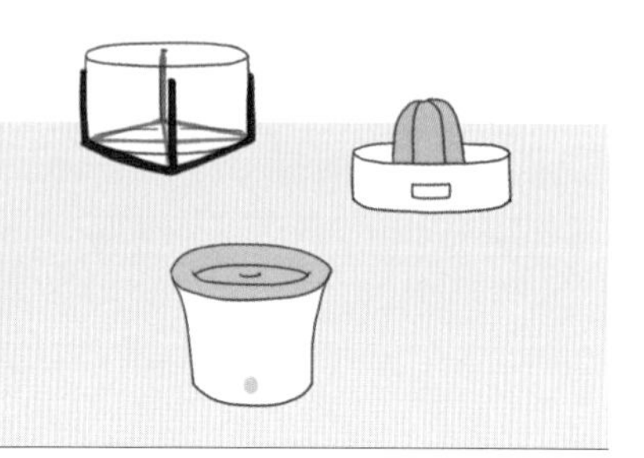

나도 유리로 된 물그릇으로 바꿔보았다.

과연 전보다 물을 많이 마시고,

손도 많이 담근다.

손을 담그면 물이 금방 더러워지고,

꺄—

모래 동동

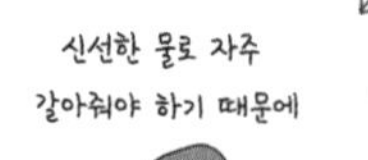

신선한 물로 자주
갈아줘야 하기 때문에

쏴—

홍조가 물을 더 많이
마시게 되는 선순환이 이어진다.

나도 요즘 음주량이 시원치 않은 것 같아서

아무 컵에나 술을 따라 마시는 삶을 청산하고,

와인 전용잔부터 마련해보기로 했다.

와인잔은 네 부분으로 나뉘어 각각 명칭이 있다.

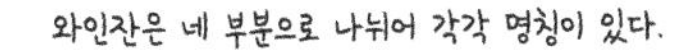

와인잔은 네 부분으로 나뉘어 각각 명칭이 있다.

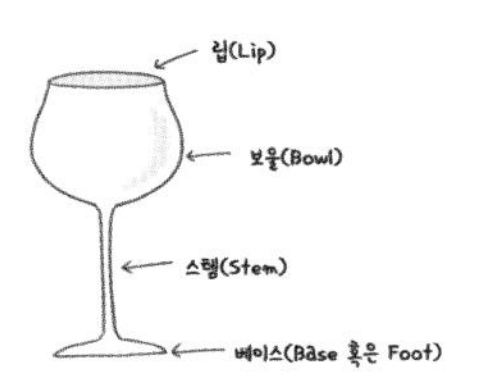

사실 예전부터 갖고 싶었던 가느다란 스템에
립이 날렵하게 빠진 멋진 와인잔이 있었지만,
음주 중에 사용하는 물건이다 보니 구입을 항상 망설였다.

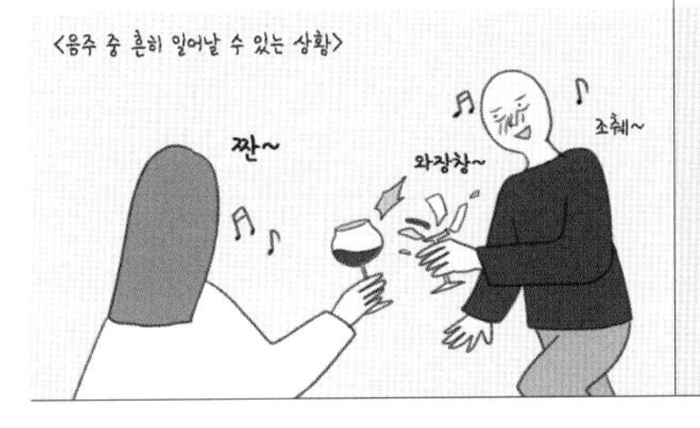

얇은 와인잔은 내구성 문제 때문에
유리가 아닌 크리스털로 제작한다고 하는데

아무리 내구성이 좋아졌다고 해도 크리스털 잔들을 사용하면
술을 마시면서도 취할 수 없는 슬픈 상황이 될 것 같았다.

그래서 스템이 짧거나 아예 없는 디자인을 찾아봤더니
이렇게 귀여운 잔들도 있었고,

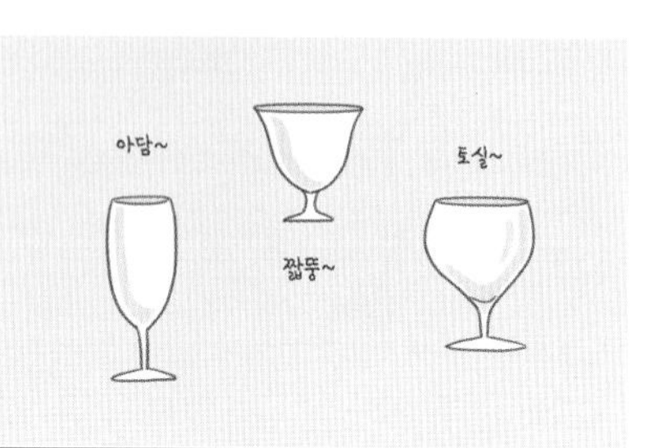

립과 보울만 살리고 스템과 베이스를 없애버린
실용적인 디자인도 있었다.

라는 생각으로 대형마트와 IKE*에 다녀왔으나,
판매하고 있는 와인잔들이 너무 투박했다.

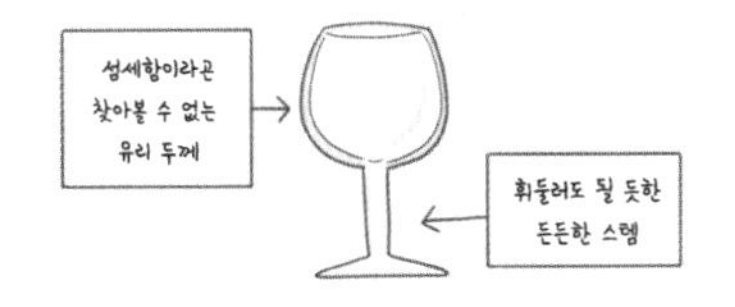

결국 큰 고민이랄 것도 없이,
얇은 유리로 된 짧은 스템의 와인잔을 구매했다.

*마우스 블로잉 기법으로 수제작되어 섬세하고 아름답다.

*마우스 블로잉이란?

장인들이 녹인 유리를 입으로 불어 제품을 생산하는 방식이다.

예전에 관심이 있어서 수업을 들은 적이 있는데,
3개월 동안 연습해서 유리구만 겨우 불 수 있었다.
멀고도 험한 장인의 길.

어쨌든 이 제품도 얇은 유리이기 때문에 조심히 다뤄야 했다.

유리가 너무나 얇아서 액체가 담긴 부분은
마치 액체만 둥둥 떠 있는 것 같았다.
영 롱 ~
예쁘다!
아름답다!!
만족 100!
앞으로 미리저리 잘 써주리라 다짐하며
그림을 그리려 앉았는데,
이제 작업해야지~.
책상 위 지정석
호오~?
이건 내 물그릇인가?
아닐걸
역시 홍조가 관심을 안 보일 리 없었다.
쭈 ㅡ 욱
<물도 좋아하고 컵도 좋아함>
헉! 홍조야
이건 진짜 안 돼!
비싸고
약해 빠졌다고!
<고양이 집사로서 상상해보는 최악의 시나리오>
1. 얼굴이 낀다.
켁

2. 빼려고 머리를 흔든다.
부웅 - 붕
3. 휘-익
개 - 운
일련의 과정은 매우 순식간에 일어난다.
생각만 해도
끔찍해….
오들
오들
다행히 홍조는 조용히 물만 깔짝거렸다.
챱
챱
게다가 물 맛도 맘에 안 든 듯.
못마땅-
뭐야~,
물은 수돗물이지~!
센스 없네!
맘에 안 든다니
다행이네.

애주가인 나는 술을 마실 때 잔의 종류에 꽤 신경 쓰는 편이다. 맥주잔, 와인잔 정도는 당연히 분리해야 한다고 생각하며 술잔 설거지가 늘어나는 것을 두려워하지 않는다.
홍조의 밥그릇과 물그릇에도 엄격한 편이라 최적의 그릇을 찾을 때까지 변화가 많았다. 원래는 약간 깊이가 있는 밥그릇을 사용했는데, 사료를 섭취할 때 수염이 그릇에 닿으면 피로감을 느껴 식욕이 떨어질 수 있다는 이야기를 듣고 최대한 야트막하면서도 사료가 옆으로 흐르지 않는 그릇을 구했다. 나이가 들면서 입이 짧아지고 살도 빠지는 홍조를 위한 특단의 조치였다.
실제로 효과가 있는지 없는지는 모르겠지만 적어도 내가 보기에는 전보다 밥 먹는 자세가 편해 보인다. 물그릇도 불투명한 사기그릇에서 투명하고 큰 대접으로 전격 교체했다. 인간도 어떤 그릇에 식음료를 담느냐에 따라 맛이나 느낌이 많이 달라지지 않던가. 고양이도 분명히 그럴 것이다.

억지로 각성시키지 않으면 일어나지 않는 나의 뇌를 위해
다양한 커피 추출 방법으로 몸뚱이에 커피를 공급해왔다.

이전 직장 1. 커피메이커

대량으로 내려놓고 하루 종일 잠을 이겨낸다.
아이스커피는 마실 수 없다. 여름에는 휴식기.

이전 직장 2. 에어로 프레스

근력이 없어 한 잔 내리면 얼굴이 새빨개진다.

커피를 추출하고 나면 에스프레소 머신처럼
작은 커피빵이 생긴다.

현재 작업실에는 새로 나온 캡슐 커피머신

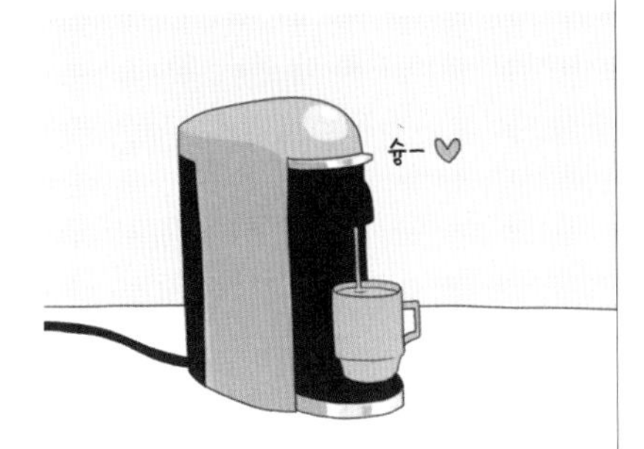

아이스커피로 만들어도 크레마가 두툼하게
살아있는 게 감동적이다.

집에서는 늘 핸드드립으로 마신다.

몇 년 전 커피를 좋아하는 친구가 선물해준 1~2인용 드립 세트.

본격적으로 집에서 커피를 내려 마시게 된 후,
전기 드립포트에 눈독을 들이게 되었는데

보글

보글

끓여서 바로 드립할 수 있다는 게 매력

금전적 부담으로 그냥 작은 드립포트를
따로 구입해서 사용하고 있다.

집에 작은 수동 원두갈이도 있지만 귀찮기 때문에
원두를 구입할 때 갈아달라고 한다.

간단하게 핸드드립 방법을 설명하면,

먼저 끓는 물을 준비하여 머그와 드립포트를 데워놓는다.

커피 필터를 접어 드립퍼에 끼우고
분량의 원두를 봉긋하게 담는다.

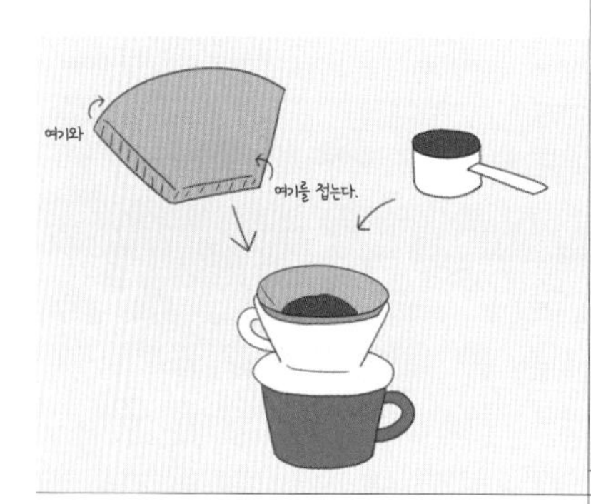

데워두었던 드립포트에 끓는 물을 담아 원두가 살짝
젖을 정도로만 떨어뜨리고 30초 정도 뜸을 들인 후
나선형으로 물을 흘려 커피를 추출하고 필터를 버리면 끝.

맛을 보고 뜨거운 물을 적당히 넣어 마신다.

주의할 점은 커피 내리다가 한눈팔지 않기.

홍조는 커피 냄새만 맡으면 머그잔째로
묻어버리려고 하는데
으엑~! 이거
똥물 아닌가?
그러다 뜨거운 커피가 담겨 있는 머그잔을
깨버린 적이 있다.
탁
쨍그랑!
으앗! 무슨 일이야!
부풀
부풀
아니, 난 그냥
묻으려고 한 건데···.
울먹울먹
스스로 너무 놀람
놀랐잖아.
비켜봐, 치우게.
미안해!
후다닥

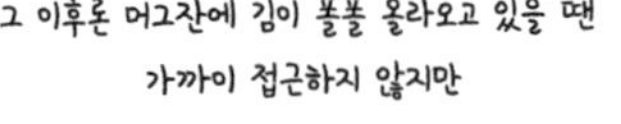

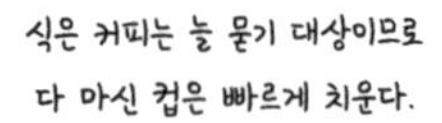

커피와 함께 내가 좋아하는 과자들도
엄청 미움받고 있어서

치울 때까지 계속 묻는다.

그래서 빈 과자봉지, 커피 다 마신 컵은
바로바로 치우게 되었다.

고양이들은 냄새로 많은 것을 판단한다. 매일 아침 커피 향기가 집 안에 퍼지기 시작하면 홍조의 콧구멍이 벌름거린다. '인간이 또 똥물을 만들었구나.'
나는 집에서 작업할 때마다 커피 한 잔을 꼭 옆에 놓고 시작하는데, 홍조는 매번 책상에 올라와서 커피를 묻는 시늉을 한다. 허공을 묻는다고 커피 향기가 당연히 사라질 리 없으니 묻는 시늉이 계속된다. 하지 마라면 홍조는 이런 걸 왜 마시는지 이해할 수 없다는 눈초리로 나를 빤히 쳐다본다. 그러던 어느 날 평소처럼 홍조는 커피를 묻다 머그잔을 깨버렸고, 그 이후로는 똥물이 자기를 공격하는 게 무서운지 격하게 파묻지는 않는다.
홍조는 방금 찐 고구마 냄새를 좋아한다. 취향이 참 건강한 녀석이다. 금방 찐 고구마는 커피와는 반대의 이유로 조심해야 한다. 내가 고구마를 먹고 있으면 확 달려들어 베어 먹으려 들기 때문이다. 그러므로 고구마를 먹을 땐 꼭 커피를 곁들인다.

리넨

날씨가 슬슬 더워지기 시작하고

홍조의 입이 짧아지면

여름이 왔구나 싶다.

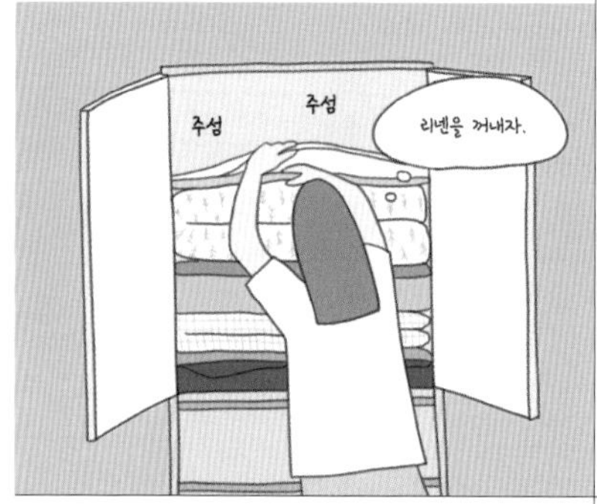

'아마'라는 식물 섬유를 엮어 만든 리넨은
흡습성이 뛰어나고 면보다 내구성이 좋아
매우 사랑받는 섬유다.

아마의 줄기는 거의 1M까지 자란다고 한다.

내가 사용하고 있는 리넨 침구도
여름에 그 능력을 십분 발휘한다.

깔개로 깔아도,

홑이불로 덮어도 쾌적한 잠자리를 선물한다.

사실 요즘엔 냉장고처럼 차가운 레이온 소재 침구가
많이 나오고 있지만, 한여름이라도 너무 차가운 소재는
별로 좋아하지 않아서 리넨을 애용하게 된다.

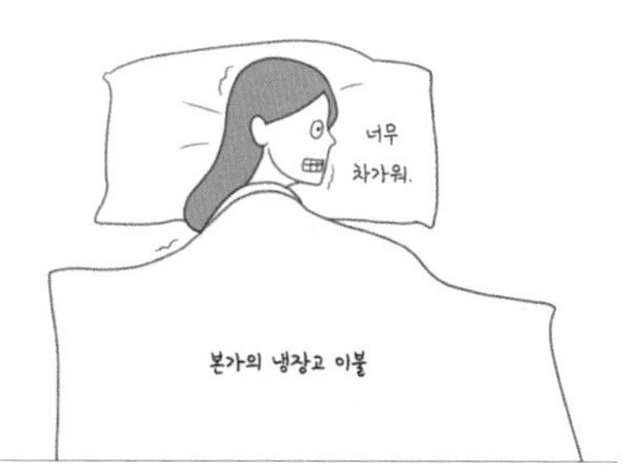

너무 습하고 더워 힘든 서울의 여름날.
땀을 많이 흘려 이불을 빨고 싶을 때,

리넨은 건조가 빨라 저녁에 들어와 세탁하고
선풍기 바람으로 말리면 금방 다시 덮을 수 있다.

리넨도 세탁할 때 주의해야 할 점이 있는데
잔사가 나올 수 있어 섬유유연제는 사용하지 않아야 하고,

울 소재와 마찬가지로 뜨거운 물에는
줄어들 수 있어 60도 이하에서 세탁해야 한다.

어차피 나는 한겨울에도 찬물 세탁을 하며,
섬유유연제를 넣지 않는 건 어렵지 않으니 관리도 쉽다.

나의 여름은 그럭저럭 버틸 만하지만,
털옷을 입고 있는 홍조에게는 힘들 것 같아서
반려동물들 사이에서 핫하다는 타일 매트를 사줬는데

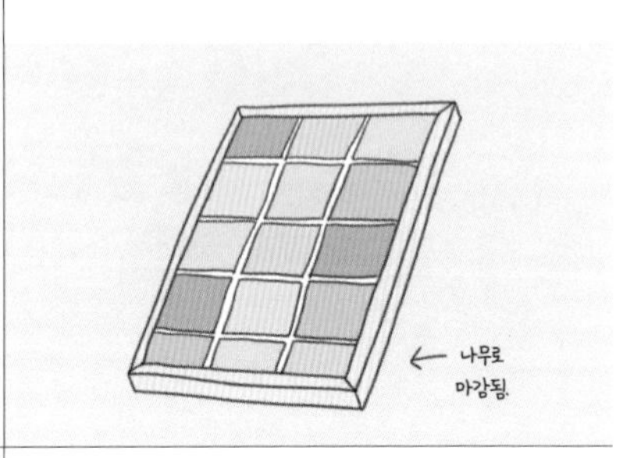

절대 올라가지 않고 가~끔 베개로만 썼고,

그 이후 마련해준 쿨매트 역시 거들떠보지도 않았다.

여름 내내 우리 집에서 가장 시원한 방의
옷장 위에 올라가서 낮시간을 보내다가

밤이 되면 기특하게도 나랑 같이 자러 침대로 오는데

리넨보다 삼베를 더 좋아한다?
어디 가?
삼베 패드
왜 우리의 침구 취향은
같을 수가 없는 거니···.
울먹
혹시나 해서 삼베 패드 위에 리넨을 넓게 깔아두면
홍조야,
잘까?
그래~
꿋꿋하게 틈새 삼베를 찾아간다...
취향입니다. 존중해주세요.
....
나는 이런 부분에선 체념이 빠르다.
이렇게 된 이상
리넨을 포기하고
삼베 노선으로 간다.
충실한
집사
질 좋은 삼베를 찾아서
활
활

풀을 먹이고!
이글
이글
콱
콱
곱게 다려
치—이익
삼베 패드+이불 세트를 만든다!
살포시—
어, 어떠신지요?
헤헷
땀쓱
충실한 집사

음~
합격~
뒹굴~

이제 다시
내 옆에서 자주겠지?
소심
쓰지 못한 리넨 패드

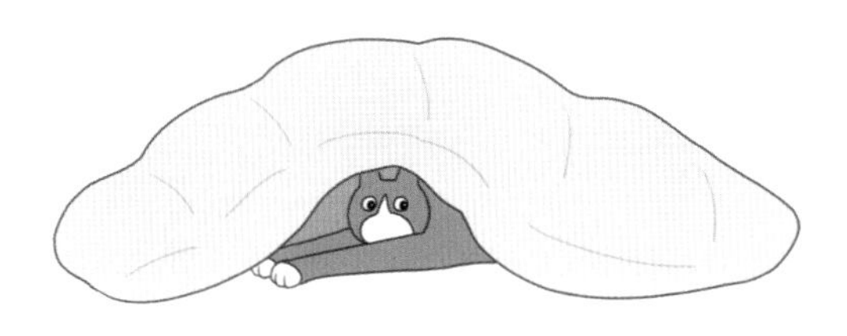

나는 몇 년 전까지 리넨을 한 번도 접해본 적이 없다. 부모님은 주로 삼베를 사용했기 때문이다. 어머니께서는 한여름이면 잘 보관해두던 삼베에 밀가루풀을 먹이셨고 어렸을 때부터 그런 어머니의 모습을 보고 자라 리넨보다 삼베가 더 익숙했다. 그래서 홍조와 둘이서 살기 시작한 여름에도 나는 자연스럽게 삼베 패드를 구매했다.

그러다 리넨 소재를 알게 되면서 꽤 고가의 리넨 한 장을 구매하게 되었는데, 웬걸, 홍조가 리넨과 낯을 가렸다. 초여름쯤부터 리넨을 침대에 장착하여 사용하겠다던 나의 야심찬 계획이 완전히 어그러지고 말았다. 그러다 다시 자연스럽게 리넨을 사용하게 되기는 했지만, 당시 홍조가 왜 리넨을 거부했는지는 지금도 알 수 없다.

침구는 나와 홍조가 가장 오랜 시간 함께 사용하는 품목이기 때문에 유난히 평가가 갈린다. 그래서 새 제품을 개시할 때마다 은근히 긴장하게 된다. 내 방의 침구가 맘에 들면 내가 외출하고 홍조 혼자 있을 때에도 캣타워 대신 침대 위에서 잠을 잔다. 귀가했을 때 침대 위에서 자는 홍조의 모습을 보면 아주 흐뭇하다. '참 잘했어요.' 도장을 받은 느낌이다.

SNS나 포털사이트 메인에서 쉽게 볼 수 있는
아늑하고 깨끗한 분위기의 집 사진들.

나도 얼추 잘 해놨다는 생각이 들어 사진을 찍어보면
왜 제3의 공간이 되어버리는 걸까.

홍조도 내 눈으로 볼 땐 이렇게 예쁜데

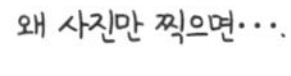

어느 볕 좋은 주말 오후에 나는 그 이유를 알게 되었다.

그것은 바로 빛.

일반 가정에서 쓰는 형광등 불빛은 '주광색'으로,
약간 푸르스름한 색을 낸다.
쨍—
그 빛 아래에서 사진을 찍으니
당연히 결과물도 푸르딩딩했던 것.
고오오오—
홍조!
저기 봐봐!
지옥에서 온 셀피
에휴, 다음에 찍자.
??
그러던 어느 날 형광등이 나가서 갈아 끼우다 포장지의
주광색이란 단어가 신경 쓰여 찾아보게 되었고,
주광색이
무슨 색이지?
검색해보니 형광등은 일반적으로 사용하는 주광색 외에도
주백색, 백색, 전구색 등 다양한 색온도로 나오고 있었다.
대충격!!
색 온도에 따른 형광등의 종류
5700~7100
주광색
가장 밝고, 약간 푸르스름한 흰색.
우리나라 일반 가정에서 사용.
4600~5400
주백색
정오의 태양빛.
주광색보다 조금 따뜻하다.
3900~4500
백색
해 뜨고 나서 2시간 후의 빛.
밝고 따뜻한 분위기의 공간에 추천.
3200~3700
온백색
백색과 전구색의 중간 정도 색.
2600~3150
전구색
백열 전구의 따뜻한 노란색.
호텔 로비나 카페 등에서 사용.
단위: K(Kalvin)

이 사실을 알자마자 동네 대형 마트로 달려갔지만,
아쉽게도 백색, 주백색 형광등은 없고
전구색과 주광색만 있었다.

마음먹은 김에 뭐라도 변화를 주고 싶어서
일단 전구색을 샀다.

집에 도착하자마자 침실 형광등부터 바꿔보았다.

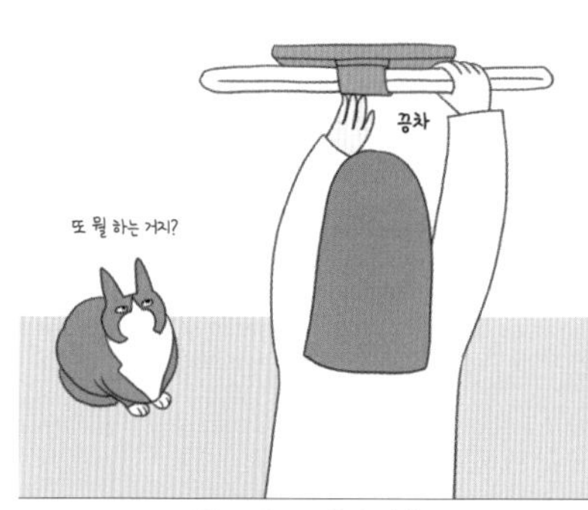

전구색은 생각했던 것보다 훨씬 노란 빛이었다.

노릿노릿~

아늑하긴 한데,
너무 어둡나?

호오~

아무래도 좀 어두운 것 같길래
두 가지 전등색을 섞어보기도 했다.

그러나 우리 집은 낡은 빌라라 전등 마개 같은 것이 없어
두 색이 섞이질 않고 따로따로 빛을 뽐냈다….

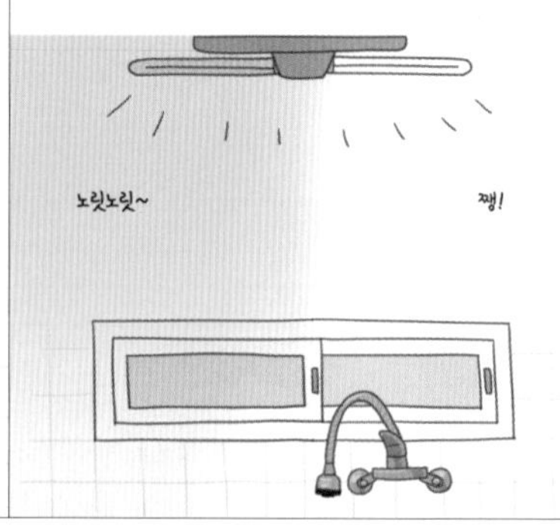

그걸 쳐다보는 게 괴로워서 금방 철거했다.

침실은 어두운 대로 한번 살아보자 싶어서
전구색 형광등을 그대로 두었는데,

얼마 못 가 전구색 형광등은 생활 조명으로는
적합하지 않다는 결론을 내렸다.

이 당시에 찍은 홍조 사진들은 모두 엄청난 노란 빛이다.

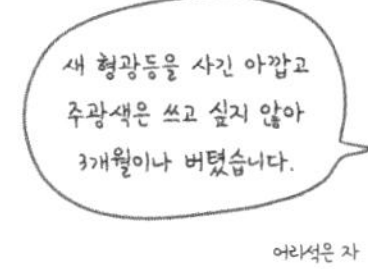

지금은 주백색을 사용하여 생활에 불편함이
없으면서도 살짝 따뜻한 조도로 지내고 있다.

마치 사진 보정 어플리케이션에서
색온도를 조정해놓은 느낌이랄까.

그렇지만 그 어떤 조명보다도 최고인 것은 태양광이다.

지금은 구조상 내 방에 채광이 부족해
낮에도 형광등을 켜야 하지만,

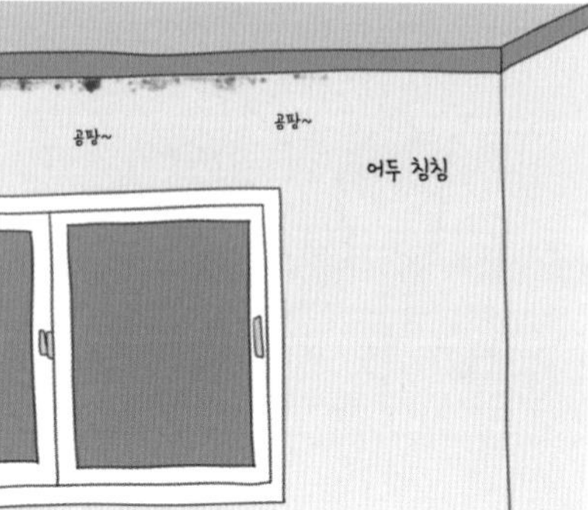

다음 집은 형광등 색 걱정 안 해도 되는 집이면 좋겠다.

우리나라 풍광은 대체적으로 웜 톤이 많은 것 같다. 곳곳에서 자라는 나뭇잎도, 사람들의 피부 톤도 그렇다. 그런데 우리가 일상적으로 사용하는 형광등은 푸른빛이다. 푸른빛이 웜 톤의 물체에 닿았을 때 카메라로 촬영하면 두 빛의 톤이 섞여 컬러가 제대로 표현되지 않는다. 특히 홍조는 완전한 갈색 코트를 가지고 있어서 사진을 찍을 때 털색이 잘 표현되는 게 중요한데, 주광색 형광등 빛 아래에서 찍은 사진은 결과물이 만족스럽지 않다.

나는 개인 SNS계정에 꾸준히 홍조의 사진을 업데이트하고 있다. 매일같이 홍조의 사진을 찍는데, 홍조가 유난히 예쁘게 나오는 사진들은 다 태양광 아래에서 촬영한 것들이다. 우리 집에는 해가 질 때쯤 붉은 서향 빛이 들어온다. 나는 그 시간대에 일부러 빛이 잘 드는 방에서 작업을 한다. 그러면 자연스럽게 홍조가 내 무릎에 앉고, 태양광을 받은 아름다운 홍조의 사진을 촬영할 수 있기 때문이다. 태양광 최고!

나무 트레이

옛날에 할머니가 오봉(일본어: 쟁반이라는 뜻)이라고 해서
상을 차릴 때 음식을 운반하는 용도로 쓰던 트레이.

지금은 고양이를 운반하는 용도로 쓴다.

는 농담이고 사실 혼자 살면서 트레이는
그다지 쓸 일이 없다고 생각했는데.

직장에서 몇 번 써보니 간단히 밥상을 차리거나,
손님이 와서 찻상을 준비해야 할 때 요긴하더라.

안녕하세요!
차 드시면서
말씀 나누세요.

보기에도
좋고~!

감사합니다.

그래서 하나 정도는 괜찮은 걸로 구비해두는 것도
나쁘지 않을 것 같다는 생각이 들었습니다.

물욕 스위치 ON

으쓱

트레이를 고를 때는 우선 모양부터 결정한다.

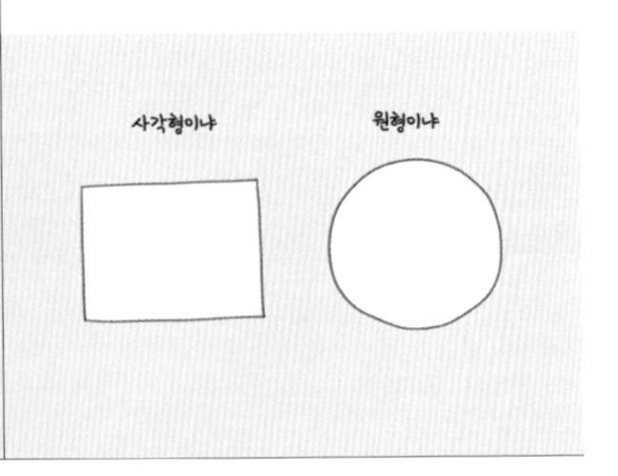

사각형 트레이는 반듯한 모양새 덕분에
밥상을 차릴 때는 물론 현관에 놓고 자주 쓰는
소품들이나 주방용품 정리하기에 좋다.

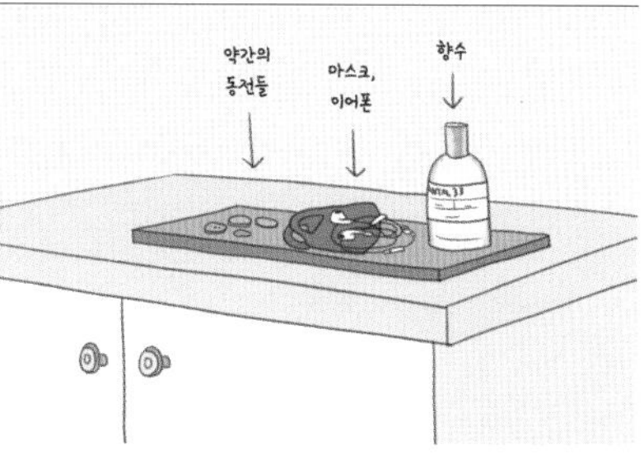

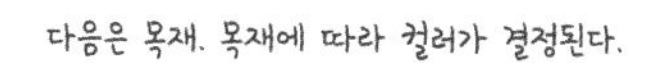

원형 트레이는 찻상을 차릴 때 편하다.
다과용 그릇도 동글, 차주전자도 동글, 찻잔도 동글해서
공간을 안정감 있게 쓸 수 있달까.

다음은 목재. 목재에 따라 컬러가 결정된다.

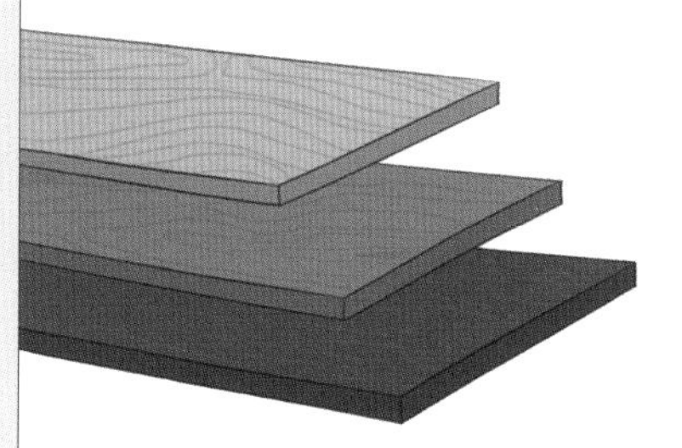

아카시아목은 밝은 톤부터 어두운 톤까지 선택폭이 넓고
무늬도 다양하여 고르는 재미가 있지만,
비틀림이나 변형이 있을 수 있어 관리에 주의해야 한다.

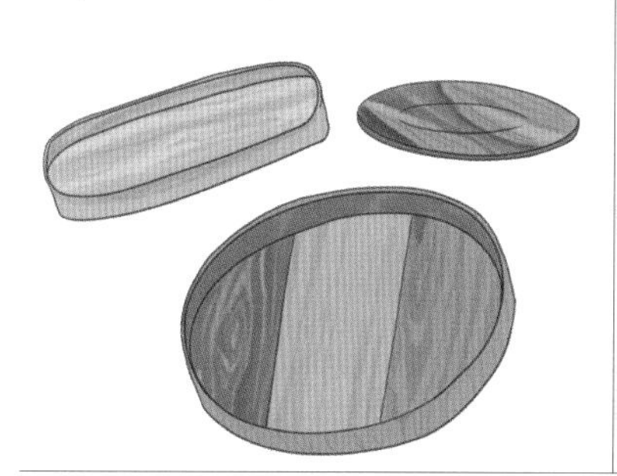

체리목은 약간 붉은기가 도는 갈색이다.

월넛은 위 두 나무에 비해서는 어두운 톤이다.

최근 내가 관심 있는 목재는 히노끼로,
아주 밝은 톤이며 향이 매우매우 좋다.

그러나 히노끼는 마감이 되어 있지 않은 경우가 많아
음식물을 흘렸을 때 바로 닦아 관리해야 한다.

가구를 만드는 목재들로 트레이가 만들어지고 있으니
취향에 맞게 찾아보면 되겠다.

다음은 바니쉬 마감 처리 여부를 고른다.
편하게 쓰기에는 마감이 되어 있는 제품이 좋다.

위 히노끼 트레이에서 언급했듯이
마감이 안 된 제품들은 보호막이 없기 때문에
얼룩에 스트레스받는 사람들은 쓰기 어렵다.

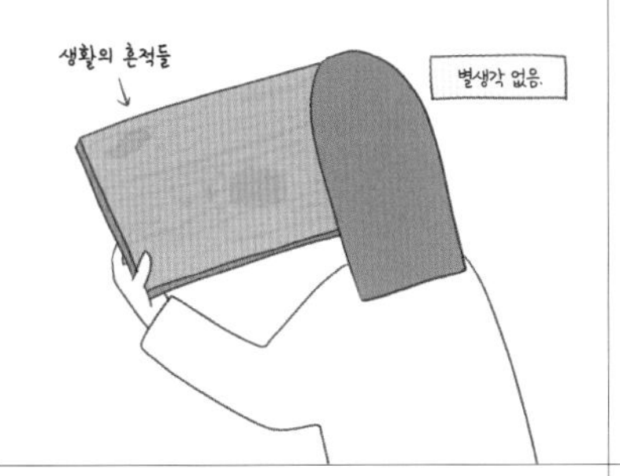

나무로 된 제품들은 공통적으로 습기에 약하므로
세척 후에는 마른 행주로 닦아주고,

직사광을 받으면 갈라질 수 있으니 음지에서 말리도록 하자.

가끔 식용유를 발라주면 더욱 좋다.

가끔 심심할 땐 고양이 트랩으로 사용해보자.
눈치
설치
룰루리~
이게 뭐지?
기웃
조심 조심
훔쳐봄.
꾸쉬 꾸쉬
꽉 끼는 느낌 최고야…!
귀여움 최고야!
참고 : 사이즈는 좀 작지않나 싶은 정도가 딱 좋다.

고양이들은 어째서 몸에 꼭 맞는 공간에 그렇게도 열광하는 걸까? 이는 고양이들의 본능에 따른 것으로, 천적을 피해 어딘가 좁고 딱 맞는 공간에 숨었을 때 안정감을 느끼기 때문이라고 한다. 이 습성 덕분에 나는 홍조의 귀여운 모습들을 심심치 않게 목격한다. 내가 사 준 고양이용 스크래처 박스 안에 꼭 끼어 누워 있는 홍조, 서랍 속에 넣어둔 겨울 목도리 틈새에 끼어 자고 있는 홍조. 고양이가 어딘가에 껴 있을 때에는 필연적으로 뱃살이나 볼살이 삐져나온다. 그 부분이 아주 귀엽다. 하지만 삐져나온 부분을 너무 집요하게 만지면 다른 장소로 떠나버릴 수 있으므로 만지고 싶은 감정을 잘 조절해야 한다.

이러한 고양이의 습성을 알고 있으면 내 고양이를 위한 '착한 트랩'을 설치하는 일이 가능해진다. 홍조 취향으로 설계해둔 장소에 홍조가 딱 들어가 누워 있는 모습을 발견했을 때의 그 짜릿함은 말로 다 표현할 수가 없다. 짜릿함에 중독되어버린 나는 우리 집이라는 한정된 공간 안에서 주어진 가구와 소품을 이용해 홍조의 마음을 끌기 위한 연구를 계속해 나가고 있다.

규조토 발매트

때는 2016년 12월.

겨울 이제 시작인데 벌써 지겹다.

3박 4일 정도의 짧은 일정으로 혼자 여행을 갔다.

원래 여행을 다닐 땐 매일 청소도 해주고,
프라이빗한 공간에서 푹 쉴 수 있는 호텔을 선호하는데

나홀로 여행이라 숙박비가 부담되어
게스트하우스에 묵게 되었다.

조용한 동네에 위치해 있는
최대한 깔끔해 보이는 곳으로 골랐다.

직접 방문해보니 사진 그대로 아주 깔끔한 곳이었다.

도미토리룸이라 작은 침대 하나를 안내받았다.
엄청 좁다.
트렁크를 그대로 두고 나가야 한다는 게
매우 신경 쓰였지만…
누가 번쩍 들고 가면
끝인 거 아냐?
다들 그런 것 같으니
그냥 나가자~!
하하
성선설~
첫째 날 일정이 겹친 친구와 즐거운 음주 시간을 보내고,
여기 진짜
맛있지.
진짜 처음 먹어보는
오징어의 맛이다.
최고!
숙소로 돌아와 씻으러 공용 샤워실로 향했다.
홍알
홍알
고양이는 안 씻어도
향기로운데
인간은 왜 맨날
씻어야 될까.
공용 샤워실은 샤워부스 형식으로 되어 있었고,
여기서 인생템과 마주치게 되는데….
쏴-아

개운하다~
한 캔
더 해야지.
사뿐
뭐지 이건?
물을 흡수하잖아?!
한 번 밟았는데
발이 보송보송해!
샤워실에서 사진 촬영을 할 순 없어서
눈으로만 잘 담아와서
기웃
오,
진짜 신기.
기웃
물 자국은 이미 사라짐.
귀국 후 찾아보기로 했다.
홍조야!
나 왔어!!
집사 왔는가.
사냥은
성공했어?
그렇~, 완전 한가득
가져왔지.
짝
활
자, 이제 그 돌매트 같은 게 뭔지
한번 찾아볼까?!
까득
까득

찾아보니 '규조토'라는 점토로 된 발매트로,
일본 제품을 수입하여 판매하는 곳에서 구할 수 있었다.

〈최근에는 국내 브랜드에서도 많이 출시된 듯〉

기존에 쓰던 건 면 소재의 귀여운 매트였는데,

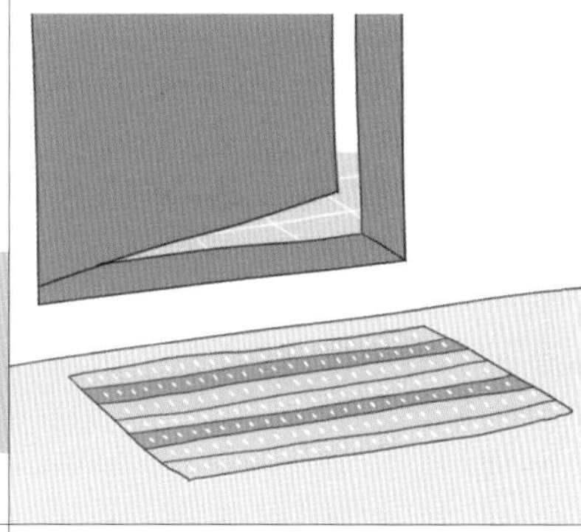

습한 날이면 눅눅해지고

자주 세탁을 해줘야 한다는 귀찮음이 있었다.

규조토 발매트는 심플하게 공간에 어우러지고,

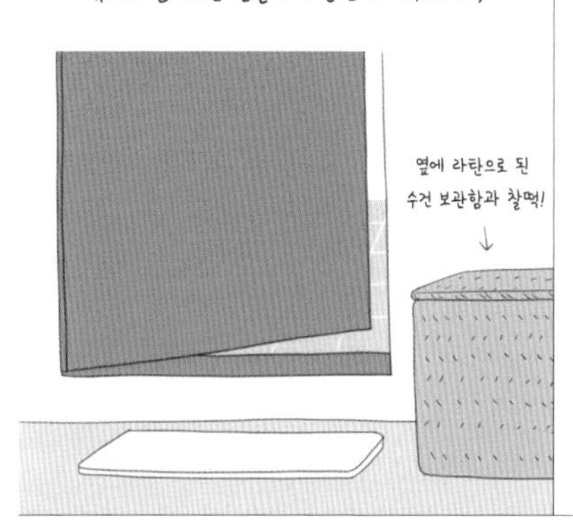

언제나 뽀송뽀송하게 발 물기를 흡수해준다.

홍조도 내가 볼일을 볼 때면
자꾸 화장실에 들어오려고 하는데
열어라~~.
욕실 바닥에 물기가 있어 발이 젖어버리는 경우가 많다.
쾌변했어?
어….
수돗물 틀어 달라고 찡찡거릴 때도 있어서 틀어주면
당연히 앞발이 젖는다.
가끔은
찍먹이 별미지~.
그래도 나가면서 발매트 한 번만 밟아주면 다시 뽀송뽀송.
발자국이 너무 귀엽다.
흡수력이 떨어졌다 싶을 때는
사포로 갈아주면 다시 원상복구 된답니다.
가루가 나와요!
싹
싹
두께가 얇아질 때까지 써보고 싶네요.
10년쯤
쓰면 되려나?
하하~

홍조는 인간의 화장실을 좋아하지 않는다. 평생 목욕을 해본 적도 별로 없는데, 아마 항상 물이 축축하게 뿌려져 있는 공간이라는 점이 마음에 들지 않나 보다. 그래서 내가 화장실에 들어가 문을 닫으면 밖에서 고래고래 소리를 지르고, 나올 때까지 문 앞에서 기다리기도 한다. 인간이 샤워하는 것을 대체 뭐라고 생각하는 걸까.
그런데 그렇게 화장실을 싫어하면서도 종종 샤워를 막 끝내서 사방에 물이 흥건한 화장실에 들어가서 순찰을 한다. 손과 발에 물이 묻는 게 싫어서 탁탁 털어내면서도 꼼꼼하게 점검을 마치고 나오는 모습이 귀엽다.
화장실 앞에 놓인 규조토 발 매트는 홍조의 젖은 발이 살짝 닿는데도 많은 양의 물을 흡수해주서 예전에 비해 물 발자국이 거의 남지 않는다. 오래 사용해보니 점점 흡수력이 떨어져 사포로 갈아도 처음과 같은 사용감은 아니지만 홍조 발의 물기를 잘 흡수해준다는 점에서 여전히 만족스럽다.

프라이팬

자취를 하다 보니 해 먹는 요리가 한정적인 편이다.

요리라기보단 조립에 가까운 음식을 먹을 때가 많고,

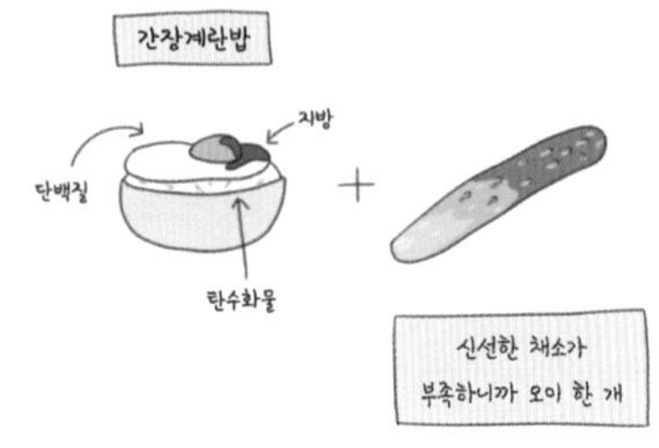

인간 사료가 있었으면 좋겠다는 생각을 할 때쯤

식생활이 엉망이 된 상태이므로 장을 보러 간다.

자주 만드는 메뉴는 파스타인데 면 삶을 냄비 하나와
재료들을 볶을 프라이팬 하나만 있으면 충분하기 때문.

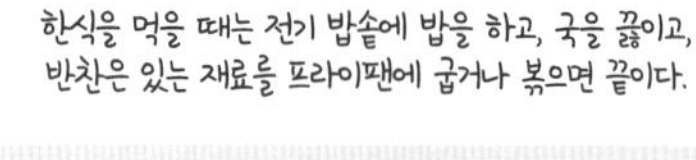

한식을 먹을 때는 전기 밥솥에 밥을 하고, 국을 끓이고,
반찬은 있는 재료를 프라이팬에 굽거나 볶으면 끝이다.

내가 사용하는 프라이팬은 일반적으로 가정에서
많이 사용하는 코팅 프라이팬으로, 알루미늄 위에
음식물이 눌어붙지 않도록 특수 코팅을 한 제품이다.

코팅 프라이팬은 길들이는 과정 없이 편하게 쓸 수 있지만
코팅재에 대한 유해성 논란이 있으며, 수명이 짧다.

나무로 된 조리도구를 사용하면
코팅이 손상되지 않아 더 오래 쓸 수 있다.

내가 한참 TV에서 요리 관련 채널을 많이 봤을 때
셰프들이 사용하던 은색 프라이팬은 스테인리스 재질로,

예열이나 불 조절에 익숙해지는 데
시간이 조금 필요하지만,

손에 붙기만 하면 훌륭한 내구성과 유해성 걱정 없는
금속 재질이라는 큰 장점을 가진 프라이팬이다.

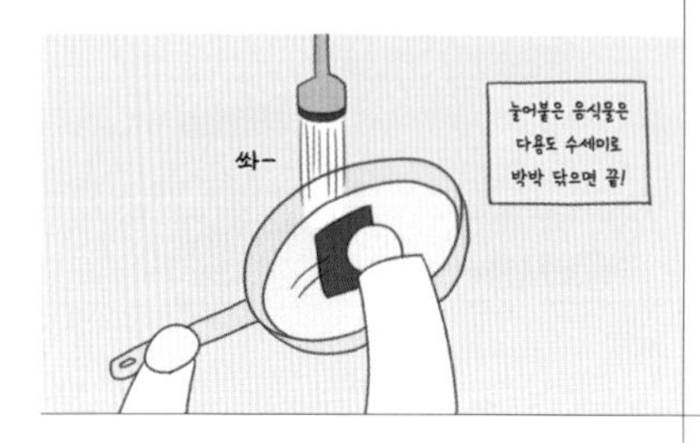

최근 내가 눈독 들이고 있는 제품은 무쇠와 구리 팬인데,
소재 때문에 가격대도 높고 관리도 까다롭다.

전에 일하던 곳에서 1인용 무쇠 팬을 판매하고 있었고,

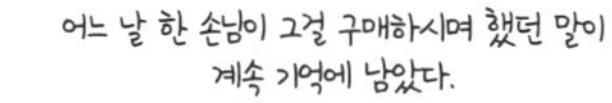
어느 날 한 손님이 그걸 구매하시며 했던 말이
계속 기억에 남았다.

그러다 우연히 SNS에서 무쇠 팬에
달걀프라이를 하는 영상을 보게 된 것이다.

이건 아마 조만간 살 것 같다.

물욕폭탄

졌당.

구리 제품은 서울에서 열린 큰 리빙페어에 갔다가
휘황찬란한 구리제품 브랜드를 기웃거리다 보니.

어느새 국내 구리제품 브랜드의 브로슈어를
품에 꼭 안고 집에 돌아오고 있는 날 발견.

헤헤.

쿵척

쿵척

구리 프라이팬은 국내에서는 조금 생소할 수 있는데,
유럽에서는 흔히 사용하고 있다고.
열 전도율이 높아 재료를 빠르게 익혀
영양 손실을 줄여준다고 한다.

스테이크를 구울 때
엄청난 도구라고 하네요.

그치만 내가 집에서
스테이크를 해 먹는 것도 아니고….
요리력이 늘면 생각해보도록 하자.

퐁당

퐁당

인간 사료 완성~!

영양을 생각해서
넣을 수 있을 만한 건
모두 넣는다.

카레
5~6인 분

으적 으적
까득 까득
저녁도 카레~!
으적 으적
와득 까득
다음 날
아, 아침에
카레는 좀···.
존재감
폭발
까득 까드득...
깨작...
깨작...
핫
홍조야, 인간사료가 있었으면
좋겠다는 말 취소야.
너도 사료 바꿔줄게.
우리 여러 가지를 좀
먹고 살자.
구리 프라이팬이
멀다, 큽.
뷔페로
해다오~.

자취하면 세 끼니를 건강하게 챙겨 먹는 것이 좀처럼 쉬운 일이 아니다. 집에 혼자 있다 보면 밥을 거르기 일쑤고, 영양소만 생각해서 있는 재료를 적당히 조립해 먹을 때도 많다. 반려동물과 주인은 닮는다고 하더니 홍조도 입이 짧고 식탐이 없어 항상 고민이다. 그래도 홍조에게는 늘 양질의 음식을 제공하려고 애쓰고 있다. 나이가 들어 기능이 떨어진 신장을 위해 습식 사료도 종류별로 구비해두고, 건사료도 4종류 정도를 번갈아가며 늘 2종류씩 제공하고 있다.

고양이들의 입맛은 1살 이전에 먹었던 것들로 결정된다고 하던데 홍조는 5살 때 나와 만났기 때문에 내가 입맛을 결정해줄 수가 없었다. 아마 습식 사료는 입에 대지 않았던 건지 지금도 거의 관심이 없다. 한 입 정도만 깔짝이는 정도다. 그래도 집사로서 건강을 포기할 수는 없기에 한입이라도 먹이고, 남은 것은 집 앞 길냥이들 몫이 된다. '나중에 강제 급여를 해야 할지도 모르는데…' 같은 생각이 들 때면 잘 먹어서 토실토실한 고양이들이 얼마나 부러운지 모른다. 나부터 집에서 잘 먹는 모습을 자주 보여주어야 할 것 같다.

이사

곧 또 이사를 간다.

원래 살던 동네는 유흥가라 생활기반 시설들이
부족했기에 한편으로는 잘됐다고 생각했다.

이사가는 곳은 홍조와 함께하는 다섯 번째 집이다.

홍조와 여러 주거 형태에 거주해보면서

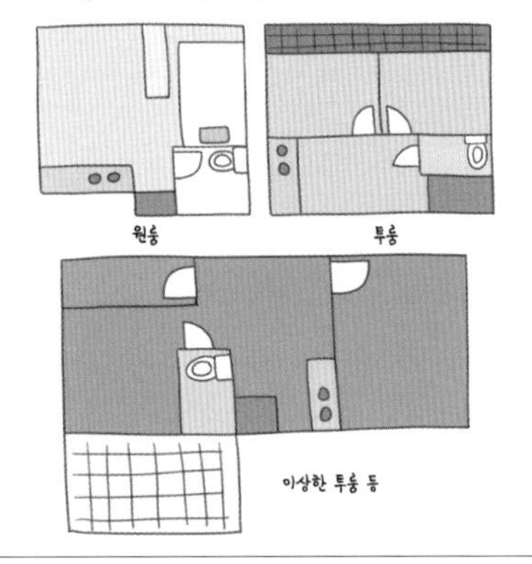

집주인에게 속기도 하고,

옥탑이 아니라도 맨 꼭대기층은 덥고 춥다.

많은 경험으로 귀중한 경험치를 쌓아 레벨 업해서
점점 괜찮은 집을 찾아낼 수 있게 되었고,

고양이와 살기 위해 양보할 수 없는 나만의 조건도 생겼다.

베란다는 꼭! 꼭 있어야 한다.

홍조와 처음 살았던 방은 베란다가 없는 원룸이어서
후드형 화장실을 사용했다.

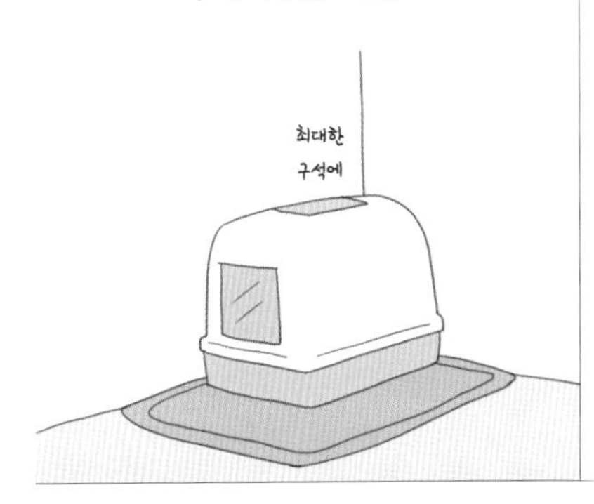

통풍이 잘 안되는 원룸에서 후드형 화장실을,
그것도 잠자는 곳 지척에 둔다는 것은 재앙이다.

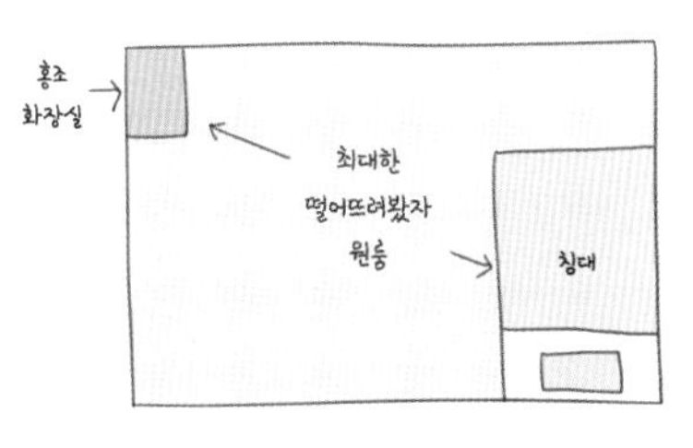

냄새도 장난 아니고,

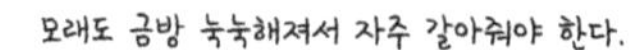

사막화는 덤.

베란다 있는 집에 산 이후로는
홍조 똥 냄새가 기억나지 않는다.

다음은 채광.
채광은 수압과 함께 기본적인 체크 사항에 들어가지만
굳이 한 번 더 다루는 이유는 고양이가 좋아하기 때문이다.

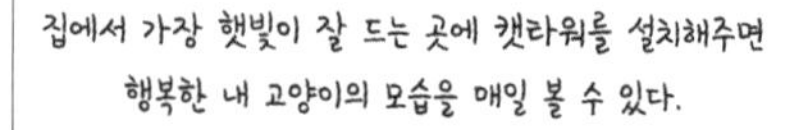

채광이 좋지 않은 집은 습해져서
미세먼지 때문에 맘대로 창문을 열지 못할 경우
최악의 실내가 되어버린다.

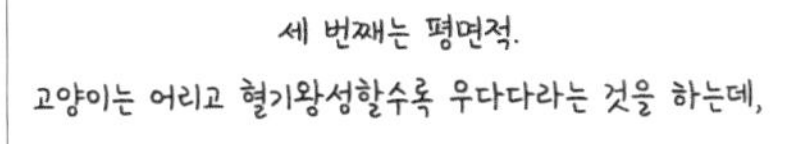

내가 봤을 땐 넓이도 높이 못지 않게 중요한 것 같다.

마지막 희망사항은
'창문을 열었을 때 나무가 보였으면 좋겠다.'이지만

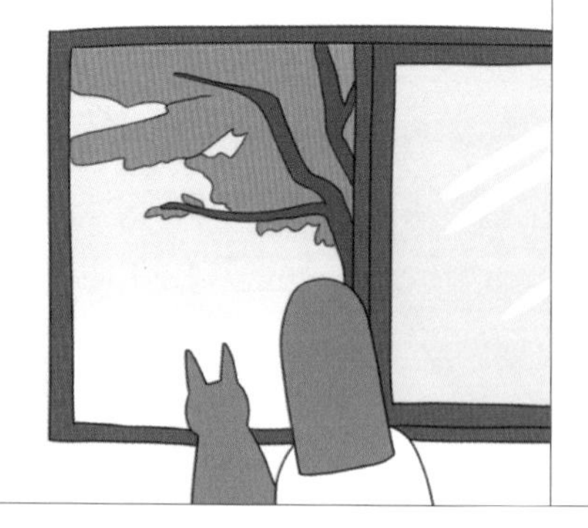

서울 시내에서는 이 소망을 정말 이루기 힘들다.

딱 한 번 다세대 주택의 꼭대기층에 살았을 때
이웃집 감나무가 있어서 새들이 자주 놀러왔는데
짹
빼-액
그때 처음으로 고양이를 위협하는 새를 보았다.
우와~
야! 집냥이 주제에~
꼬우면 나와봐라!
부풀
부풀
안 돼, 홍조야···
걔 말이 맞아.
저 새가?
울컥
작게라도 마당이 있는 곳에 살아보는 게 소망이다.
맥반석 홍조 만들기
네가 죽기 전에 가능했으면 좋겠다, 홍조야.
푸-우

곧 또 계약 만료일이다. 홍조와 나는 상수동, 서교동, 당인동을 거쳐 이태원동 등 여러 동네를 전전했다. 이태원동에 살 때는 집 크기가 매우 넓었지만 많이 낡아 겨울이 되면 어마어마한 난방비를 걱정하며 추위와 싸워야 했다. 그렇지만 넓은 만큼 홍조가 자유롭게 뛰놀아서 좋았다. 지금 살고 있는 집은 크기는 반토막 났지만 신축이라 단열이 잘되어 여름에는 시원하게, 겨울에는 따뜻하게 지낼 수 있다. 그러나 홍조가 전처럼 뛰놀 수는 없다.

서울 안에서 한정된 자본으로 모든 조건을 만족하는 집을 구하기는 정말 어렵다. 홍조는 그때그때 바뀌는 우리 집에 잘 적응하며 살고 있고, 심지어 이사하는 것 자체에도 아주 익숙해졌다. 고양이는 영역 동물이라 집이 바뀌는 것이 꽤 큰 스트레스일 텐데, 나만 믿고 덤덤하게 받아들여 주는 것이 항상 고맙고 미안하다. 홍조가 더 파파할아버지가 되기 전에, 조금 더 나은 공간을 선물해주고 싶다.

절화

나는 딱 세 가지 식물을 돌보고 있다.

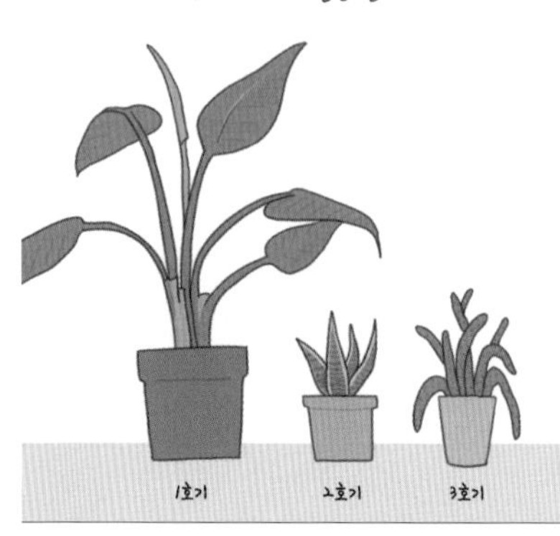

녹색 식물들은 나의 마음을 편안하게 해주지만,
가끔은 꽃을 보고 싶다.

그렇다고 해도 집에 꽃을 사들고 오기는 쉽지 않다.

하지만 근 몇 년간 생각이 바뀌어
기회가 되면 최대한 집에 꽃을 장식하려고 한다.

예전에 유럽 여행 중 월남쌈 재료를 사러 마트에 갔다가

작은 꽃다발들을 마치 식료품처럼
팔고 있는 것을 보고 놀랐다.

우리나라에서는 대형 마트 내 작게 꽃집이 있어도
화분이 메인이고 꽃은 꽃다발로
포장 판매하는 곳이 대부분인데
거긴 계산대 옆쪽에 꽃다발이 농산물처럼
비닐에 한 번 싸여 놓여 있었다.
띠용
완벽하게
집에 꽂아둘 용도다.
그곳의 사람들은 내가 우유를 고르는 것처럼
쇼핑 바구니 안에 꽃다발을 골라 넣었다.
3£
그 동네에 살고 있던 내 친구도
자연스럽게 꽃다발을 샀고,
야, 무슨 색
살까?
이미 고르고 물어보는 거
아니냐?
3£
집에 돌아가 부엌에 꽂아두었다.
다음 날 일어나서 부엌에 갔을 때
확실히 공간이 달라 보였다.
우중충한 런던 날씨가
좀 버틸 만하군.

또, 전 직장에서 일할 때는 꽃을 장식하는 일이 잦았다.

관리에 손이 가긴 했지만
보는 즐거움이 정말 컸다.

이렇게 꽃과 조금씩 가까워지다 보니
꽃을 즐기는 것이 그리 어렵지 않은 일이라는 생각이 들었다.

그래서 가끔 시간이 있을 땐 꽃시장에 간다.

3층!

꽃상가

꽃시장에서는 매우 저렴한 가격에
꽃을 한 단씩 살 수 있고,

꽃과 잘 어울리는 풀이나 꽃나무를 사고 싶다면
소재집을 찾아간다.

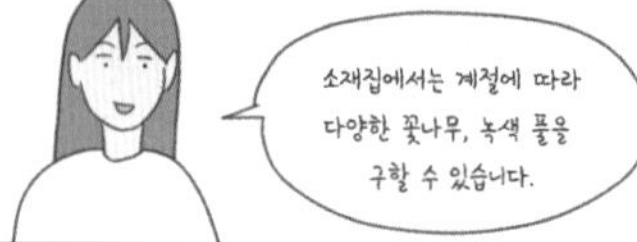

겨울이 지겨울 때쯤 동백나무 가지를 사다가 꽂아두고,
꽃을 피우는 것을 지켜보는 일도 매우 추천한다.

꽃시장에 가지 않더라도 가끔 동네에 찾아오는
꽃트럭에서 한 다발을 살 때도 있고,

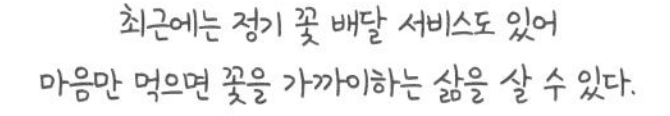
최근에는 정기 꽃 배달 서비스도 있어
마음만 먹으면 꽃을 가까이하는 삶을 살 수 있다.

물론 집에서 꽃을 즐기려면
화병이 있어야 한다는 점을 잊지 말자.

나는 불시에 선물받은 꽃다발을 꽂거나
꽃나무를 둘 용도로 큰 유리 화병과

몇 송이를 꽂아둘 수 있는 작은 화병을 구비하고 있다.
원래는 샴페인 잔
원래는 생수 병
홍조가 꽃다발에 과한 관심을 보이면
여어~
히사시부리~
옆에 있는 장난감 다발을 흔들어 관심을 분산시킨다.
꼬치 다발~
희희~
달그락
달그락
핫
놀이를 빌미로 티 안 나게 유인해서
홍조야, 노올자~!
달그락
달그락
슬
슬
슬
마지막에 여지를 남기듯 방으로 숨어주면 OK.
샥
놀자~
냥레벌떡

이 에피소드를 그릴 당시와는 조금 다르게 최근 우리나라에도 포장 없이 원하는 꽃을 편하게 살 수 있는 꽃가게 브랜드가 생겨났다. 강남 같은 번화가에는 매장 바깥쪽에 진열되어 편하게 꽃들을 볼 수 있다. 처음 그 가게를 발견했을 때 누군가는 나와 비슷한 생각을 한 것 같아 몹시 반가웠다.

나는 꽃시장 특유의 분위기가 좋아 가끔씩 꽃시장에 간다. 아침 일찍 활동하는 편은 아니라 예쁜 수입 꽃들은 사지 못하는 경우가 많지만, 저렴한 제철 꽃을 한두 단 사와서 집에 꽂아둔다. 홍조는 내가 집으로 가져온 풀떼기들에 관심이 많아 꽃을 정리하는 내내 주변에서 얼쩡거린다.

고양이에게 해롭다고 잘 알려진 백합이나 튤립 같은 꽃은 절대 사지 않지만, 꽃시장에서 취급하는 꽃들 중 내가 잘 모르는 꽃을 사올 때도 있다. 그럴 때는 혹시 홍조에게 해로울지 몰라서 절대 접근하지 못하게 하는데, 몇 번 제지하면 홍조도 흥 하고 가버린다. 다 자기를 위한 건데 그것도 모르고 삐지는 게 야속하다.

매트리스

내 만화에는 유난히 누워 있는 장면이 많은데

실제로 집에 있을 때 거의 대부분의 시간을
누워서 보내기 때문이다.

집에 들어오면 경건하게 침대에 누울 준비를 하고,
눕기 전에 모든 것을 손이 닿는 곳에 세팅해둔다.

이 신성한 공간을 더욱 완벽하게 만들기 위해
이사하면서 매트리스를 바꾸기로 했다.

홍조랑 침대를 같이 쓰다 보니 실제로 좁기도 하고,

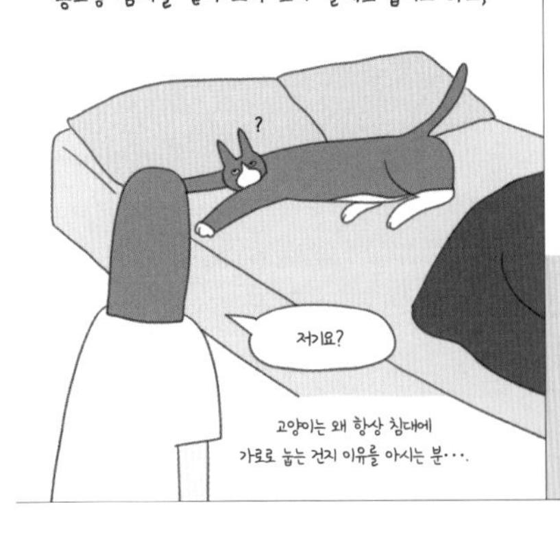

홍조가 자꾸 날 구석으로 몰아넣어서 더 좁게 느껴진다.

역시 고양이와 사는 사람이라면 침대는 퀸이야.
벌떡
그리하여 시작된 나의 퀸사이즈 매트리스 고르기.
자네에게도 크게 한 자리 주겠네!
쩔쩔쩔!
매트리스의 종류는 스프링, 메모리폼, 라텍스 등이 있다.
스프링
본넬과 포켓으로 나뉘며 우리나라에서 일반적으로 많이 사용한다.
본넬 스프링이 더 견고하나 어느 브랜드 광고 카피처럼
옆사람에 의해 '움직이지 않는 편안함'을 위해서는
스프링이 개별로 들어가 있는 포켓스프링 제품을 추천.
메모리폼
원래는 미국항공우주국(NASA)에서 완충재로 개발된 소재.
탄성이 적고 체중에 의한 압력을 골고루 분산해준다.
부드럽게 파묻히는 느낌을 좋아한다면 추천.
라텍스
고무에서 추출된 천연과 합성이 있다.
천연 라텍스는 가격대가 높지만
항균성이 뛰어나고 수명이 길다는 장점이 있다.
탄성은 스프링과 메모리폼의 중간 정도.
위의 소재들을 적절히 섞은 하이브리드 제품들도 있다.
메모리폼
스프링
장점도 섞이지만 단점도 섞인다는 사실을 잊지 말자.

저의 경우 소재 선택에 그리
오랜 시간이 걸리지 않았습니다.
왜냐면···.
메모리폼과 라텍스는 열에 약해
전기장판을 쓸 수 없기 때문!!!
체온으로는 영원히
침대가 데워지지 않죠.
차곱따
<전기장판 없이 절대 못 사는 사람>
그래서 스프링 매트리스로 유명한 브랜드
침대에 누워보러 갔다.
신나는 눕기
투어 시작!
백화점 입점 매장보다는 단독 매장을 가야
더 다양한 제품들을 체험해볼 수 있다.
침대 가득한
환상적인 공간~!
천천히 이동하며 누워본다.
눕눕

옆으로 잘 때도 있으니 옆으로도 누워본다.
이렇게 행복한 쇼핑이 있다니···.
매트리스는 부드러운 것, 중간, 딱딱한 것이 있으니 골고루 누워보자.
푹신한 매트리스···.
꿀잠각···.
그치만 저처럼 엄청나게 자는 사람들은 허리가 아플 수 있습니다.
깔끔하게 포기하자.
무한 수면봇
딱딱한 매트리스는
딱딱하다.
딱딱해.
요 깔고 자는 것도 힘들어하는 사람이라 패스.
열심히 누워보다 보면 어느 정도 각이 나오기 시작한다.
감사합니다.
경도는 중간, 디자인은 저런 거···.
다른 브랜드 하나만 더 보고 결정해야지.

그렇게 새 매트리스를 살 생각에 행복해하고 있었는데,

여차저차해서 구하게 된 새 집의 내 방이 너무 작았다.

결국 나는 새 침대를 포기해야 했다.

넓찍하고 푹신한 매트리스는 모든 집순이들의 꿈의 아이템일 것이다. 슈퍼 싱글 사이즈 침대에서 홍조와 함께 자면 생각보다 좁다는 느낌이 든다. 내가 사용하는 핸드폰의 '측정' 기능으로 재미 삼아 홍조의 키를 재어본 적이 있는데, 75cm 정도가 나왔다. 슈퍼 싱글 사이즈 매트리스의 가로 길이가 110cm이니 홍조가 맘먹고 가로로 누워버리면 내가 쓸 수 있는 공간은 35cm에 불과하다.

굳이 계산을 해보지 않더라도 오랜 기간 동안 퀸 사이즈 침대를 가져보는 것은 나의 로망이었기 때문에 이번 기회에 꼭 실현하고 싶었다. 홍조에게도 큰 침대가 생길 거라고 여러 번 말해줬는데 끝내 이루지 못해서 아쉬웠지만, 매트리스 아이 쇼핑을 하는 동안에는 진심으로 행복했다.

한편으로는 퀸 침대를 사더라도 딱히 드라마틱한 변화는 없었을 것 같기도 하다. 원래부터도 홍조가 가로로 길게 뻗어서 자는 경우는 드물기 때문에 공간을 많이 차지한다기보다는, 나에게 붙어서 자는 것을 좋아해서 자꾸 벽 쪽으로 밀리게 되는 것이 문제이기 때문이다. 결국 나에게는 신포도가 되어버린 퀸 사이즈 매트리스…. 조만간 다시 장만할 기회가 있기를 소망해본다.

찻주전자 1

나는 차보단 커피를 마시는 사람이었는데,
근무 환경 덕에 차에도 관심이 생겨버렸다.

가끔 향기로운 차를 선물받으면,

찻잎이 다 떨어질 때까지 행복한 티 타임을 가졌다.

차에 입맛을 들인 이후 오전에는 커피를,
오후에는 차를 즐기는 삶을 살고 있다.

차의 종류는 너무나 다양해서 골라 마시는 재미가 있고,
홍조와 함께하는 티 타임은 심신 안정에 큰 도움이 된다.

기분이 울적할 때는
홍조의 배 냄새를 맡으며 향긋한 홍차를.
킁 킁
으슬으슬 몸 상태가 좋지 않을 땐
홍조를 끌어안고 따뜻한 차이티를.
우유를 넣어 마셔도 맛있다.
저녁 식사가 너무 기름졌다는 생각이 들 땐
녹차나 보이차를 마신다.
깔
깔
너도 뛰어라~
호잇
편리함으로는 티백을 따라올 것이 없으나
제대로 마시고 싶을 땐 역시 잎차다.
집에서도
잎차 마시고 싶다.
찻주전자
사야겠다.
나란 인간,
참 필요한 물건도 많지.
그런데 찻주전자도 여러 종류가 있어서 고민을 부른다.
무유약 도자기
유약 처리가 되어 있지 않아 차의 향이 도자기에 자연스럽게 배어든다.
이 때문에 전문가는 찻잎마다 다른 주전자를 사용한다고 한다.
대표적으로 중국의 자사호가 있다.

유약 처리가 된 도자기
유광 도자기로 어느 찻잎이나 무난하게 우릴 수 있다.
백자는 홍차의 붉은 수색과 잘 어울린다.

내열 유리
내부가 들여다보여 꽃잎 차를 우리면 특히 아름답다.
재질 특성상 열이 빨리 식기 때문에,
오래 우려내야 하는 찻잎에는 맞지 않는다.
약불에서 직화가 가능한 제품도 있다.

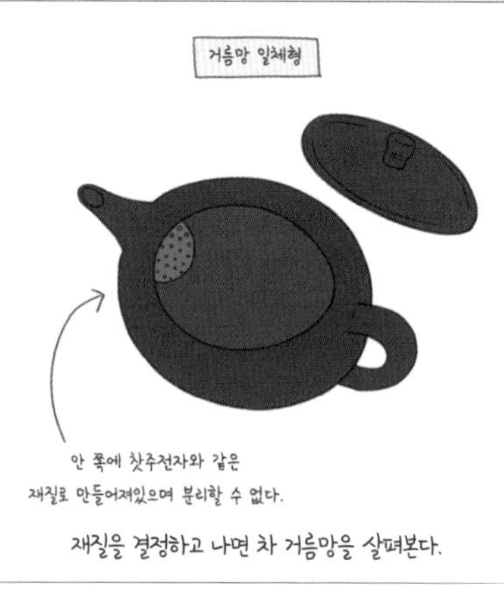
거름망 일체형
안 쪽에 찻주전자와 같은
재질로 만들어져있으며 분리할 수 없다.
재질을 결정하고 나면 차 거름망을 살펴본다.

거름망 내장형
유리, 스테인리스, 플라스틱 등으로 만들어지며
분리하여 세척할 수 있다.

거름망 없음
차를 잔에 따를 때
따로 거름망을 써야 한다.

흠.. 근데 선뜻 결정을 못하겠네
실제로 사용해볼 수 있으면 좋을 텐데.
끄응

라고 생각하며 망설이고 있을 때쯤.
오랜기간 중국 여행을 다녀온 친구의 SNS를
보다가 중국의 찻주전자 사진을 발견하게 되었고,

바로 메신저로 연락해봤다.

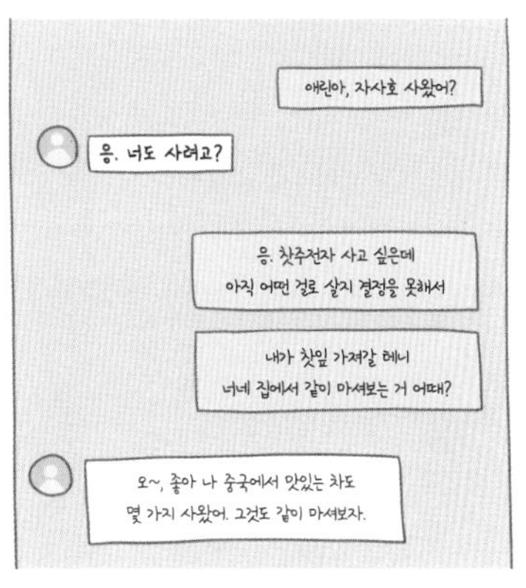

그 차 엄청
맛있었는데!!

어디서 살 수 있는지
여쭤봐야겠다.

관심 좀

나는 그 길로 자사호 체험을 위한 찻잎을 사러 달려갔다.

내가 찾던 찻잎은 수급이 원활하지 못할 땐 살 수 없는데
다행히 소분으로 세 봉지가 남아 있었다.

중국차를 파는 곳에서는 여러가지 모양의
자사호를 볼 수 있고,

다양한 차를 시음해볼 수도 있으니
중국 차문화에 관심이 있다면 한 번쯤 들러보자.
나보다 오래된 차도 있네.
가격대도 천차만별

자, 이제 자사호를 체험하러 가 볼까?

이태원동에서 살았을 때 홍조와 함께 약식 차회를 가졌던 일은 지금도 굉장히 좋은 기억으로 남아 있다. 그 당시 친구들이 가까이에 살고 있어서 종종 방문하곤 했는데, 그때마다 홍조는 어른스럽게 맞이해주었다. 차를 마시던 날에도 나와 친구가 마주앉아 뭔가 바쁘게 따르고, 마시고 있으니 홍조도 옆에 가만히 누워 우리를 지켜봤다.

그때 어설프게 배웠던 차 우리는 방법과 전 직장에서의 차 경험을 토대로 지금도 가끔씩은 제대로 찻잎을 우려내어 정산소종을 마신다. 차를 우리며 자사호를 길들이는 것을 '양호한다'고 하는데, 자사호를 아름답게 양호하기 위해서는 오랜 세월과 정성이 필요하다고 한다. 차를 우릴 때마다 홍조와 비슷한 빛깔의 찻주전자를 길들이고 있다는 생각을 하니 기분이 묘하다. 나의 자사호는 홍조 나이만큼의 시간이 지나면 어떤 모습을 하고 있을지 기대된다.

찻주전자 2

고맙게도 친구가 자사호와
간단한 다구를 챙겨 우리집으로 왔다.
실례하겠습니다~!
어서와~!
너 예전에 내 궁디 좀
쳐줬던 애 아니냐?
홍조야, 오랜만이야~
나 기억하나?
미묘...
사용해볼 자사호는 작은 표주박 모양의 홍니였다.
약간 둘이 닮았네.
깔깔~
자사호는 모양이 여러가지고,
광석의 종류에 따라 컬러도 다르다.
낮거나,
높거나.
둥글거나,
각지거나.
자니
홍니
녹니
친구의 설명에 따라 집에 있는 것들로
약식 찻상을 차려봤다.
찻잔
유리 숙우
뚜껑 놓는 종지
찻물 닦는 용도의 면수건
차판 대신 면 깔개와
자사호 받침용 그릇
차칙 대신 나무젓가락
차총 대신 홍조
전기포트
물 버릴 큰 그릇

'차총'이란 찻자리에 함께하는 인형을 말하는데,
차판 위에 올려놓고 찻잎을 씻은 물을 뿌려주거나 하며
오랜 시간 차 도구처럼 길을 들인다.

차 마시는 시간을 함께 즐기는 친구인 셈이다.

차는 총 세 가지를 마셔보기로 했다.

내가 준비한 정산소종/ 보이차/ 잘 모르는 차

우선 자사호에 적당량의 찻잎을 넣고
끓인 물을 가~득 부은 뒤,

뚜껑을 닫는다.

이 넉넉하게 넘치는 찻물이 큰 묘미다.

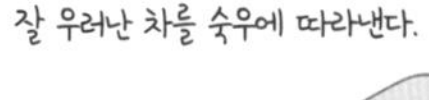

찻주전자에 차를 우려 마셔본 사람이라면
처음 따라낸 차는 연한데 나중으로 갈수록 진해져
맛이 들쭉날쭉했던 경험이 있을 것이다.

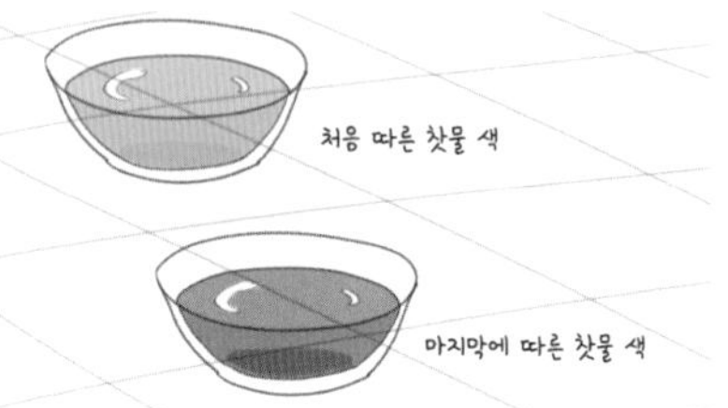

숙우에 한 번 따랐다 서빙하는 것만으로
차의 맛을 처음부터 끝까지 균일하게 즐길 수 있다.

자사호를 잡는 방법도 따로 있는데

손가락 힘이 없어서인지 너무 어려웠다.

처음에는 자사호가 손바닥보다도 작길래
이걸로 차를 얼마나 마시나 했는데

원래 중국차는 여러 번 우려마시기도 하거니와
찻잔이 작아서인지 한 번 우려도 꽤 여러잔 나왔다.
한 가지 찻잎을 넣고
5번 정도 우렸고
한 번 우릴 때
4잔 정도 나온 듯하니
적은 양이지만
60잔 이상
그렇게 약 2시간 동안 물 끓이고, 차 마시고,
화장실 다녀오기를 끊임없이 반복했다.
보글~
보글~
후릅스
나 잠깐 화장실 좀···.
나도 화장실 좀···.
엇! 나도 다시 화장실 좀;;
인간들이 몹시
부산스럽구나···.
드디어 끝났다.
화장실 릴레이···.
피부 좋아진 듯;
매끈
매끈
그럼 슬슬 가볼게.
진짜 고마워!
덕분에 좋은 경험했어.
몸 속을 찻물로
씻어내린 느낌이랄까?
사실임.
매끈
매끈
잘 가~!
잘 가라~
다음에 봐~!

덜컥
사야겠다!
후다닥
덜렁
나도 표주박 모양으로 사야지~!
날 내동댕이 치다니….
에?
중국 찻주전자, '자사호' 가짜 판친다.
이싱 지역의 자사 고갈 위험으로 채굴 제한
자사호 가격 천차만별. 어떻게 골라야 할까.
순식간에 미궁 속으로
콰르릉-
쾅

차총님!
전 어떻게 해야 할까요?
날 놀이지 말거라.
중국에 가야하나? 으아!
이 만화가 업로드될 때까지도
못 사지 않을까?

이번에 본격적으로 차를 마셔보면서 알게 된 놀라운 사실은
제가 다른 차라고 생각하고 있는 녹차, 홍차, 우롱차 등은
모두 같은 '차나무'로 만든다는 것입니다.
가공하는 방식에 따라 종류가 결정된다고 하네요.
비발효차
반발효차
발효차
백차
황차
녹차
우롱차
홍차
보이차

저는 지금까지 마셔본 차 중에서는
'정산소종(랍상소우총)' 이라는 홍차가
가장 입맛에 잘 맞았습니다.
황차는 아쉽게도 아직
접해보지 못했습니다.
꼭 마실 기회가 있기를.
혹시 일본식 술집에 가신다면
우롱차로 만든 우롱하이도
꼭 드셔보세요~
*소주가 들어 있으므로 적당히….

~대만에서의 자사호 구입기~

물건 구매에 소심한 나는 살림일지 찻주전자 편을
그린 이후에도 좀처럼 자사호를 고르지 못하다가

우연한 기회로 대만에 가게 되었다.

이전에 친구에게서 들었던 이야기가 있어서
대만 여행을 떠나기 전에 조금 조사를 해 두었다.

대망의 여행 기간.

융캉제에 있는 다구 브랜드 매장에 갔다.

매장 바깥 쪽의 세일하는 저렴한 찻잔부터

매장 내부에는 자사호들과 유리 숙우 등
멋진 다구들이 다양한 디자인으로 구비되어 있었다.

직원분은 여러 아시아 국가에서 오는
관광객들에게 익숙한 듯 친절히 응대해주셨는데

내가 일본인이라고 생각하셨는지
일본어로 말을 걸어오시길래

머쓱하실까봐 그냥 일본인인 척했다.

여차저차 성공적인 쇼핑을 마치고,

근처 찻집에서 유명하다는 찻잎도 사서

숙소로 돌아왔다.

남은 일정에는 대만 아트북 페어에 들러 책을 사고,

대만의 사진 자판기에서 사진도 한 장 찍어본 다음

목적의 물품들으로 기내로 조심조심 들고 귀국하여

지금까지도 아주 잘 사용하고 있다.

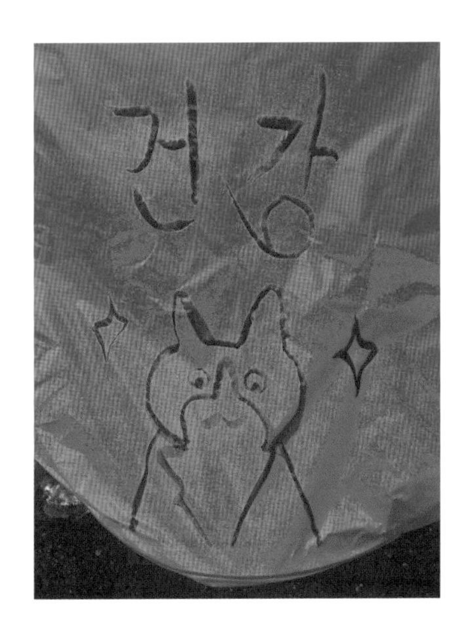

국내에서 구입하지 못한 자사호를 대만에 가서 살 수 있었다. 원래는 친구가 가지고 있던 것과 같은 호리병 모양 자사호를 사고 싶었지만, 아쉽게도 내가 갔을 때에는 없었다. 고심 끝에 둥근 모양으로 골랐는데 꼭 홍조 얼굴처럼 둥근 게 귀여워서 쓰면 쓸수록 마음에 든다.
만화에는 언급하지 않았는데 여행 기간 중 고양이 마을이라는 허우통이라는 지역에도 가보았고, 대만 아트북 페어에서는 고양이 만화를 그리는 만화가의 책도 한 권 사왔다. 꽤나 고양이 집사다운 여행이었다고 생각한다.
마지막으로는 스펀이라는 동네에 소원을 적는 풍등을 날리러 갔는데 막상 도착해보니 풍등 날리기 공장 같은, 굉장히 관광지다운 곳이었다. 약간 실망한 나는 대만 맥주 한 캔으로 실망감을 달래며 풍등 위에 홍조를 그렸다. 홍조의 건강과 장수를 빌며 하늘로 날아간 풍등이 제 역할을 다하기를 바란다.

갑자기 큰돈이 나갈 때는

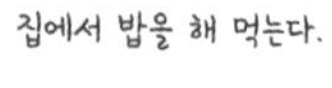

집에서 밥을 해 먹는다.

그러기 위해서는 장을 봐야 하는데
살던 동네의 특수성 때문에

인터넷으로 장을 보곤 했다.

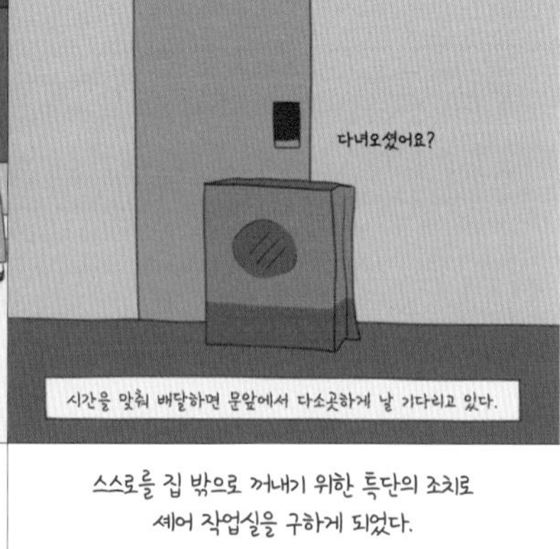

이런 식으로 집 밖에 안 나가는 생활이 이어져

스스로를 집 밖으로 꺼내기 위한 특단의 조치로
셰어 작업실을 구하게 되었다.

역에 내려서 작업실에 가는 길에는
시장길이 쭉 이어져 있는데
한우 싸게 들여가세요~
재래시장을 이용해보지 않았던 나에게는
새로운 세계 같았다.
뭐지? 이 풍부한 물량과 놀라운 가격은?
처음엔 뭔가 사기보단 조용히 정찰만 했고
낯가림
생물 고등어
마리
그렇게 여러 날이 지나다 보니 그날그날 특별히 싸거나
비싼 품목이 눈에 들어오기 시작했다.
오늘은 가지 각~!
한우 국거리도 괜찮네?
으엑, 애호박
왜 이리 비싸!

시장 초보 시절 딸기에 많이 당했는데,
위에는 굵은 알, 아래는 작은 알들을 채워 싸게 판다.

벌레가 너무 많이 꼬이는 과일들은 이미 부패가 진행되어
아래에 곰팡이가 피어 있는 경우가 있으니 주의한다.

이런 건 바로 가져가면 당연히 환불해주신다.
어쨌든 왔다갔다하기 귀찮으니 살때 꼼꼼히 확인하자.

시장을 이용하게 되면서 무엇보다 좋은 것은 유통되는
식재료에 따른 계절감을 진하게 느낄 수 있다는 것.

1년에 한 달 정도 반짝 나오는 산딸기를 참 좋아하는데,
인터넷 마트만 이용하다 보니 거의 잊고 살았다.

그러나 재래시장 라이프가 시작된 이후로는
그 계절이 되었을 때 모든 과일가게에서
산딸기를 취급하고 있어서 모를 수가 없었다.

가격도 저렴한 편이라 거의 매일 사 먹었다.

읽었던 책 중에 농촌에서 자급자족 생활을 하며
먹은 음식들을 기록한 만화가 있었는데

나도 조금은 식재료로 계절을 느끼는 삶에
가까워진 것 같아서 좋다.

양손 가득 초여름.

그러고 보면 집고양이는 사계절 내내 실내온도가
크게 변하지 않고, 먹는 것도 계절과 무관한데도

나 왔다~!

왔냐?

겨울이 오면 또 힘차게 털을 찌우기 시작한다.

간식 고?

홀 쭉

아니, 언제 이렇게 또
털이 다 빠졌대!

여름은 계속 냉방을 하고 있지는 않으니 그렇다치지만

더...더워

겨울이 오면 또 힘차게 털을 찌우기 시작한다.

어, 왔어?

뚠 뚠

분명 실내온도는
23도인데···.

뜨끈

춥다.
밖에 날씨
너무 춥다.

뜨끈

하루 종일 전기장판에만
계시는 분이 무슨 말씀이신지···.

공기가 차갑지 않니?
옴송
난 그렇게
생각한단다.
스-윽
팍
팍
일리가 있네.
쏘옥-
쏘옥-
그럼 나도···.
그렇게 하루가 사라지곤 한다.

3월이 되면 냉이, 달래,
돌나물 등 온갖 봄나물이
시장에 깔리며 봄을 알린다.

3~4월은 냉이 된장국과
달래장을 만들고 후식으론
노지 딸기를 배가 터질 때까지
먹을 수 있다.

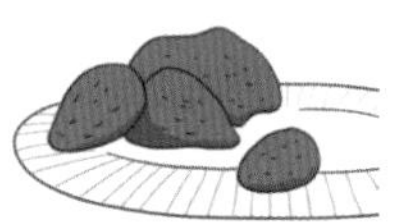

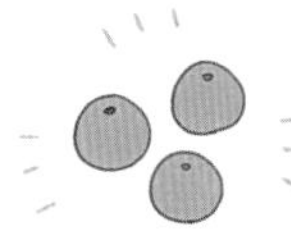

그리고 금귤도 이맘때쯤
나오는데, 이때만 즐길 수 있어서
한 번쯤은 먹어둔다.

5~6월은 내가 가장 좋아하는 시기로,
산딸기, 매실, 앵두 등 계절감
짙은 과일이 쏟아진다.

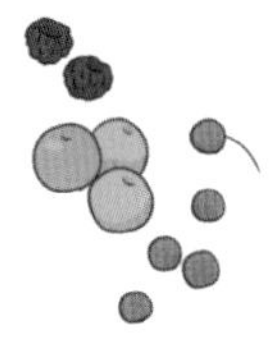

여름이 다 왔을 때쯤
자두와 살구도 먹을 수 있다.

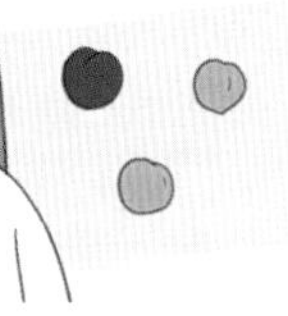

여름

7월이 되면
시장은 빨간 토마토 일색.
토마토소스로 만들거나
뿌리채소를 넣어
스프를 해 먹는다.

참외, 수박도 나오지만
사 먹지는 않는다.

참외는 깎기 귀찮고,
수박은 혼자 먹기 너무 크니까.

그리고 여름 내내 다양한 복숭아가 차례로 나온다.

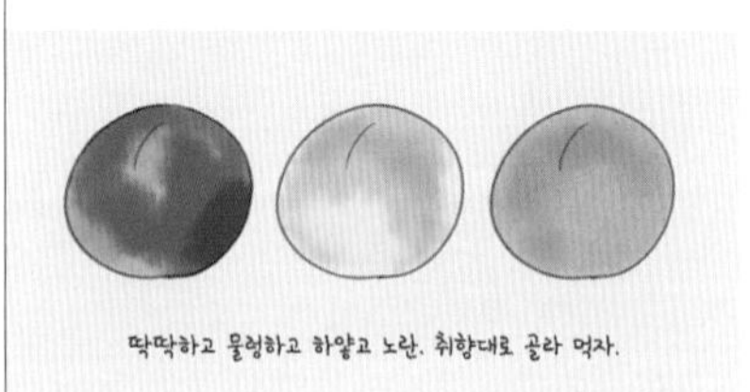

딱딱하고 물렁하고 하얗고 노란. 취향대로 골라 먹자.

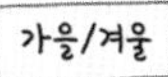

9월이 되면 무화과가 나온다.

추석이 다가오면 사과, 배, 감.

가을이 깊어지면 과일보다는 다른 곳에 눈을 돌린다.

겨울이 오면 역시 귤과 해산물!

우리 집에서 홍조의 털옷만큼 계절을 크게 느낄 수 있는 것은 없다. 나이가 들어 홍조의 겨울 털옷이 예전만큼 빵빵하지는 않지만, 그래도 홍조의 털옷은 여름과 겨울이 확연히 다르다. 재밌는 것은 살았던 집 중 가장 추웠던 집에서 겨울에 찍은 홍조의 사진을 보면 부엉이 같은 핏이라는 점이다. 얼마나 추웠으면 집고양이가 털을 그렇게까지 부풀렸을까. 그 집에서 우리는 겨울 내내 거의 전기장판 위에서만 있었다.

여름도 마찬가지다. 너무나 더웠던 집에서의 여름에 찍은 홍조의 사진을 보면 역대급으로 말라 보인다. SNS계정에 사진을 올렸을 때, 홍조의 팔로워 분들이 홍조가 너무 말라 보인다고 심각하게 걱정해주셨다.

엄밀히 따지자면 홍조 묘생에서는 지금이 가장 말랐을 것이다. 살보다도 노화로 인해 근육이 많이 빠졌기 때문인데, 지금은 사시사철 안온한 집에 살다 보니 계절에 따른 덩치 변화가 크지 않다. 홍조의 드라마틱한 털찜을 보지 못하는 것은 아쉽지만 그만큼 따뜻하게 지내고 있다고 생각하니 마음이 편하다.

벌레잡이 식물

고양이 집사들은 사실 벌레 걱정이 적다.

움직이는 무언가가 나타나면
냥스코가 출동하기 때문인데

느긋하던 홍조가 갑자기 빠릿빠릿거린다면,

거의 100% 그분들의 등장이라고 보면 된다.

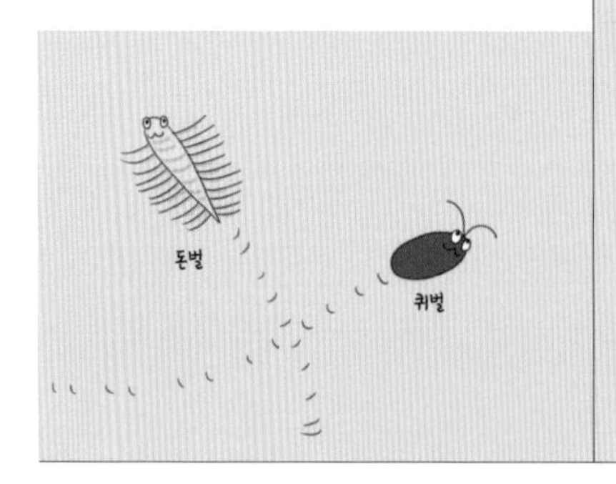

이 두 분처럼 볼륨감 넘치는 손님들은 그래도
홍조가 잘 발견해서 잡기도 하는 것 같은데

작은 날벌레에는 관심이 없다.
부우웅-
착
날든 말든···.
홍조야! 너 몸에 모기!!!
?
조심좀 해~!
?
왜 호들갑이야..
내가 구충제 발라주는 거 알고 그러는거야, 뭐야.
고양이도 개와 같이 심장사상충 감염 경로가 모기임.
그렇다고 약을 뿌릴 수도 없기 때문에
살충제···, 이름부터가 동물에게도 해로울 것 같지 않습니까.
※실제로 해롭습니다.
파리지옥과 끈끈이 주걱부터 검색
오 자동완성된다. 사람들 다 똑같군...
긴 잎 끈끈이 주걱을 샀다.
습지에서 사는 식물이라 물을 매우 좋아해서 마르지 않도록 저면관수를 해 주어야 한다. 위쪽으로 물을 줄 때는 점액질에 물이 닿지 않도록 주의.

라고 생각하자마자 홍조가 열렬하게 관심을 보였다.

홍조의 관심을 피하느라 집에서 가장 외진 장소에
숨겨두다 보니 일주일도 안 되어 죽고 말았다.

다음 후보는 포X몬스터 캐릭터의 모티브가 된 네펜데스.

벌레를 소화하는 모습이 직접적으로
보이지 않는다는 게 맘에 들었다.

이 식물은 주머니 같은 몸통 속에 벌레를 소화할 수 있는
액체를 만들어내는데 배송 당시에는 비워져 온다.

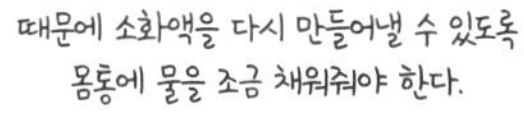

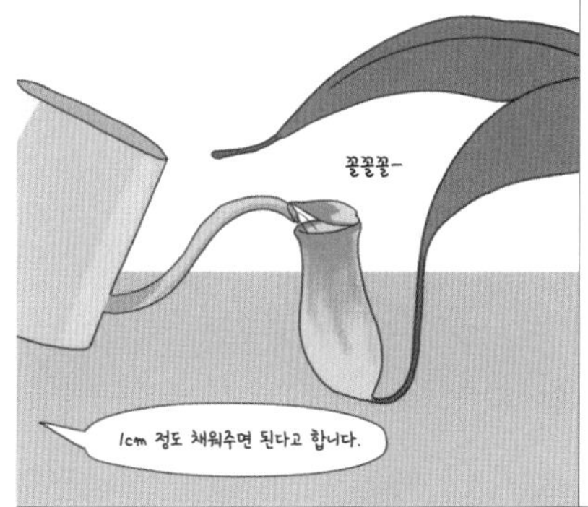

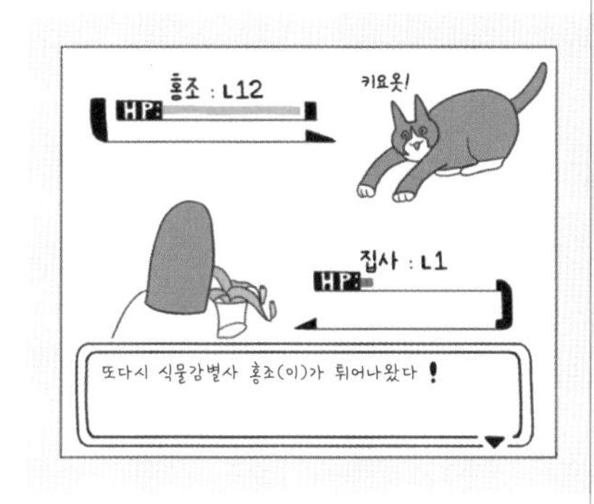

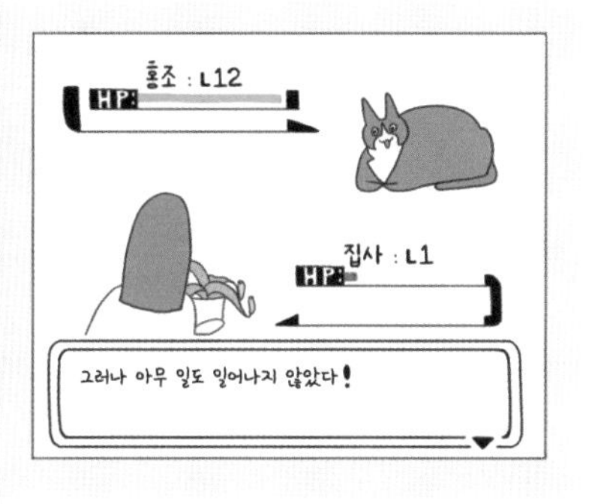

다행히 네펜데스는 우리 집 거주권 심사를 통과했다.

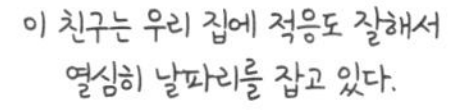

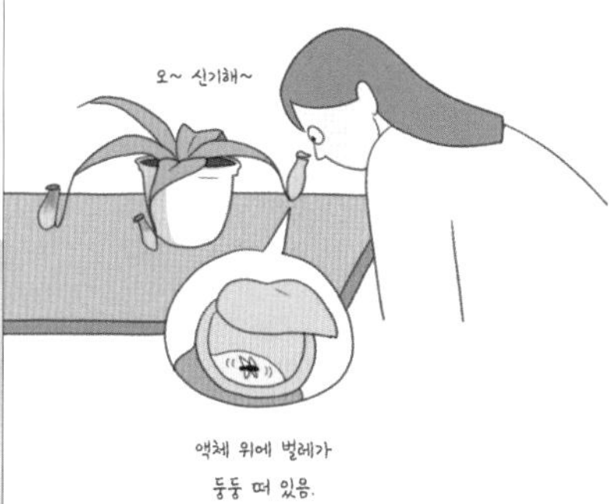

앞으로의 활약이 기대되는
좋은 소비를 했군~!
자자, 홍조~!
그래~!
샤샤샥...
풀썩
준비됐어
불 끈다~?
탁
벌
떡
쌩-

팟!
파닥
파닥
팍!
서, 설마
탁
집중하는
뒤통수
오도가도 못하고 있음
샥
이러니 저러니 해도
큰 벌레에는 역시
냥스코가 최고야.
나방이었다.
재밌는 거
어디 갔어?

위에 소개한 끈끈이주걱과 네펜데스같이 구하기 쉬운
식충 식물로 파리지옥과 사라세니아도 있다.

파리지옥

저면관수로 기른다. 손을 대면 벌레인 줄 알고
입을 다무는데, 에너지를 많이 필요로 하기 때문에
재미로 했다간 금방 죽어버리니 되도록 만지지 않도록 한다.

사라세니아

역시나 저면관수로 기른다. 포충낭 안쪽으로 벌레를 유인하는 방식.
개인적으로 핏줄같이 퍼져 있는 무늬가 징그러워서 구매하지 않았다.

그냥 다육식물처럼 생겨서 벌레가 붙어 있지 않으면
식충식물인지 모를 정도. 벌레는 아래쪽 잎 부분으로 잡는다.

당시에 들였던 네펜데스는 지금은 정말 많이 자랐다. 처음에는 뭔가 환경적으로 안 맞았던 건지 포충낭이 쪼글쪼글하게 시들어버려서 곧 죽을 것이라 생각했는데, 이듬해 다시 새로운 포충낭이 열리기 시작했다. 햇빛을 많이 받으면 빨갛게 물들며 탐스럽게 된다고 하던데 우리 집은 직사광이 들지 않아서인지 녹색 상태이긴 하지만 잎들이 덩굴처럼 멋지게 늘어졌다. 긴 잎 끈끈이주걱이 들어왔을 땐 집요하게 찾아 괴롭히던 홍조도 네펜데스에는 여전히 관심이 없으니 참 다행이다. 사실 집 안에서 연이어 등장하는 바퀴벌레로 인해 생활이 망가지고 피폐해져가는 자취인 친구들을 볼 때마다 초파리 따위로 고민하고 있는 나의 모습이 얼마나 행복한 일인가 싶기도 하여, 홍조에게 늘 무한한 감사를 표한다. 홍대 인근과 이태원의 낡은 집에 살면서도 양손에 꼽을 정도로 적은 수의 벌레들과 마주친 것은 전부 홍조의 공이 틀림없다. 앞으로도 은퇴 전까지 '냥스코' 잘 부탁한다. 홍조야…!

소파

작은 집에 사는 1인 생활자들은 보통
쇼파의 역할을 침대로 대신한다.

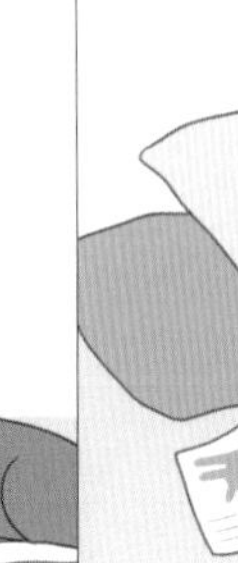

근데 아무래도 자는 공간이다 보니
자꾸 잠들어버린다는 위험이 있어

거실의 좌식 테이블에 방석을 놓고 생활하고 있다.

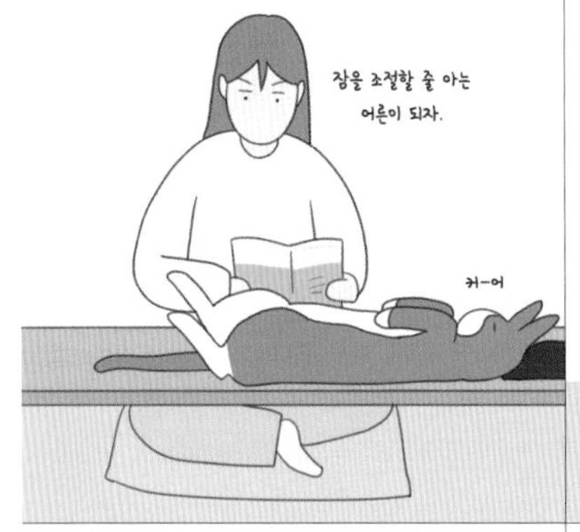

이러면 혼자 있지 못하는 홍조가 와서
무릎을 내놓으라거나 발베개를 해달라고 해서,

오래 앉아 있으면 다리가 저리고
허리와 엉덩이가 아픈 상황이 발생한다.

그래서 1인용 소파에 관심을 가지게 되었는데

맨 처음 혼자 살게 되었을 때, 나중에 이사가게 되어도 이동하기 부담스럽지 않고 자리를 많이 차지하지 않을 것 같은 빈백 소파를 산 적이 있다.

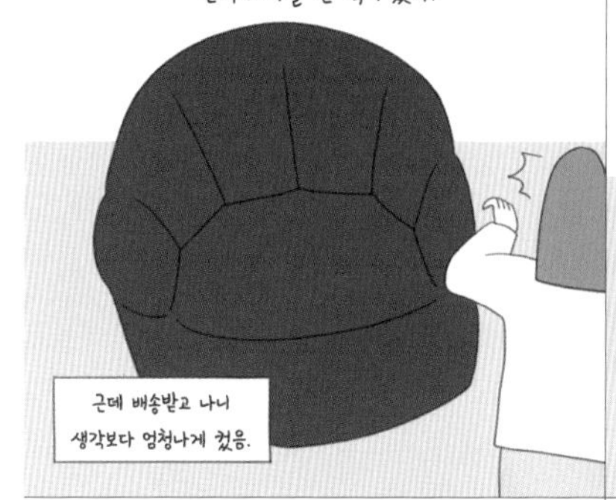

그러나 빈백 소파는 겉면이 아주 뜯음직한 패브릭으로 되어 있었기 때문에

홍조의 좋은 스크래처가 되어주었다.

그래도 꽤 오랜 시간 잘 사용했다.

홍조가 쏙 하고 올라와
같이 찡김

헤헤...

쏙

문제는 버릴 때였는데

혹시 인터넷을 돌아다니다가
아래와 같은 사진을 본 적이 있다면

그 사진에 거짓은 없다고 이야기하고 싶다.

충전재를 청소기로 빨아들이면 먼지통에서부터
다시 훨훨 날아나온다.

라고 생각했는데 내가 좋아하는 브랜드에서
빈백 소파가 나왔더라.

그러나 또다시 빈백을 살 엄두가 나지 않아
일반적인 소파들을 알아봤다.

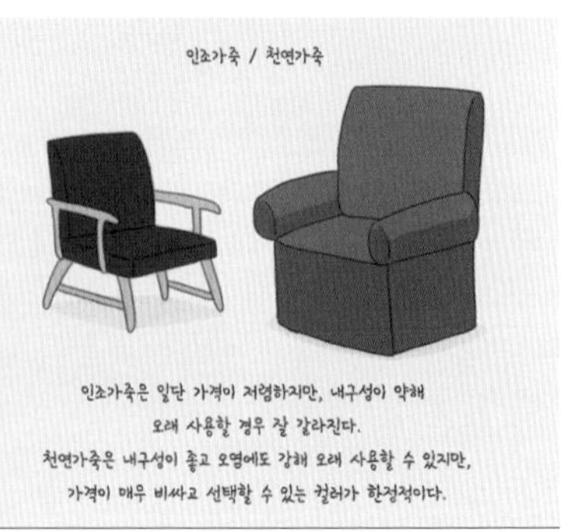

컬러나 패턴 선택이 자유롭고, 편안하고 부드러운 분위기를 연출할 수 있어 최근 선호도가 높다. 그러나 오염에 취약하고 청소에 신경 써야 하므로 아이나 반려동물이 있는 경우 이를 보완한 특수 패브릭을 추천한다.

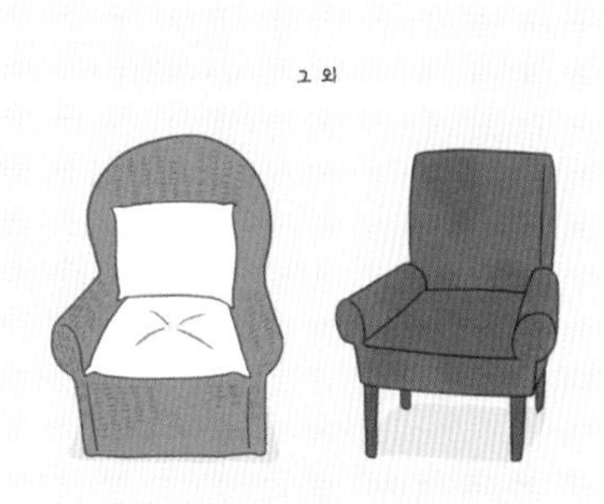

라탄이나 스웨이드 소재들로 된 소파들도 있다. 독특한 분위기를 원한다면 좋은 포인트 가구가 되어줄 것이다.

사실 고양이와 함께 사는 사람은 소파 고르기가 꽤 까다롭다. 가죽, 패브릭 상관없이 뜯어버리기 때문.

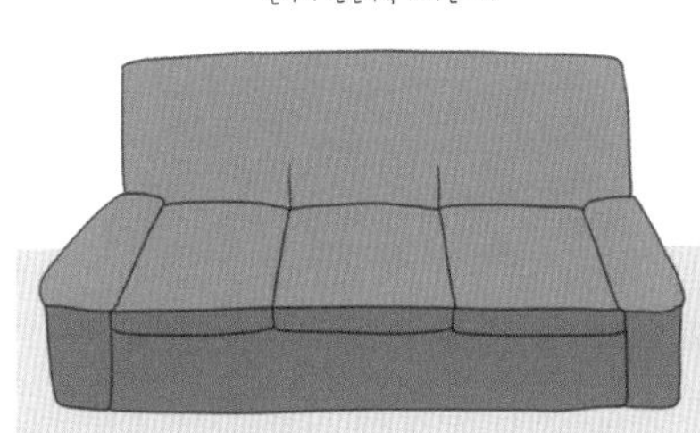

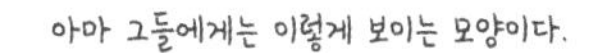
아마 그들에게는 이렇게 보이는 모양이다.

최악의 경우 소파에 계속해서 소변을 보는 반려동물들도 있다고 하니 참 곤란한 일이다.

그래서인지 요즘에는 반려동물과 함께 사는 사람들을 대상으로 하는 소파가 나오고 있다.

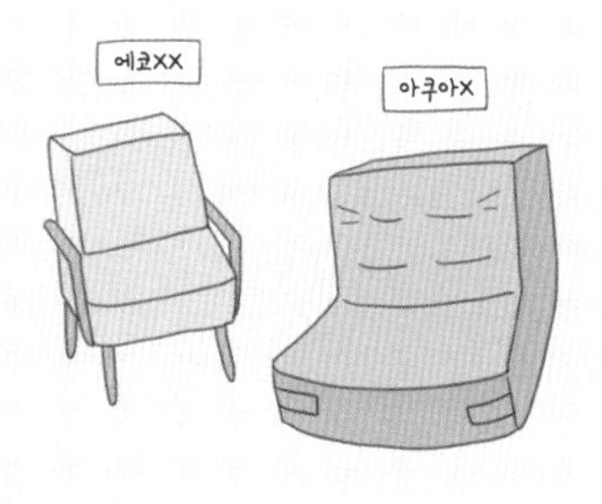

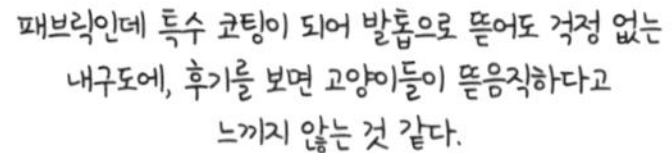

패브릭인데 특수 코팅이 되어 발톱으로 뜯어도 걱정 없는
내구도에, 후기를 보면 고양이들이 뜯음직하다고
느끼지 않는 것 같다.

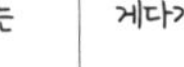

게다가 액체가 흘러도 휴지와 물로 깨끗하게 지울 수 있다.

그래서 가죽이나 특수 소재를 구매할 수 없고,
패브릭 쇼파 천갈이도, 세탁도 하기 힘들겠다 싶은 나는

좌식 의자로 급선회했다.

등받이 있고 엉덩이만 안 아프면 되지, 뭐~!
데헷
그러나 등받이가 생기니 홍조가 몸 쪽으로 안겨 있기 시작해서 움직임이 제한된다는 게 새로운 시련.
으윽...
코-
다리로 받쳐줘야 한다.
집사 수양의 길은 멀고도 험하구나...

이 당시 구입했던 좌식의자는 지금도 나의 작업 메이트로 활약 중이다. 그 이후 또 다른 변화가 생겼는데, 데스크톱을 마련하게 되면서 거실에 1인용 책상과 의자가 생겼다. 좌식의자에 앉을 때마다 홍조가 무릎베개를 요구하는 것은 그렇다쳐도, 입식 의자에서는 불가능할 것이라고 생각했다.

완전한 착각이었다. 홍조는 입식의자에서도 자기 자리를 만들어 달라고 징징거렸고, 그 좁은 1인용 입식의자 위에서 나는 최대한 엉덩이를 뒤로 붙이고 앉아 다리를 양쪽으로 활짝 벌려 홍조의 자리를 확보해주어야 했다. 아무리 봐도 떨어질 듯 불안해 보이데도 홍조는 나와 한시라도 떨어지기 싫은지 꿋꿋하게 버텨냈다.

결국 먼저 포기하는 쪽은 나였고, 이럴 바엔 차라리 좌식의자가 훨씬 나은 근무 환경이라는 생각이 들어 좌식을 애용하고 있다. 아무튼 나의 집 안 생활은 대부분 홍조가 결정한다.

담요

겨울 하면 떠오르는 담요는

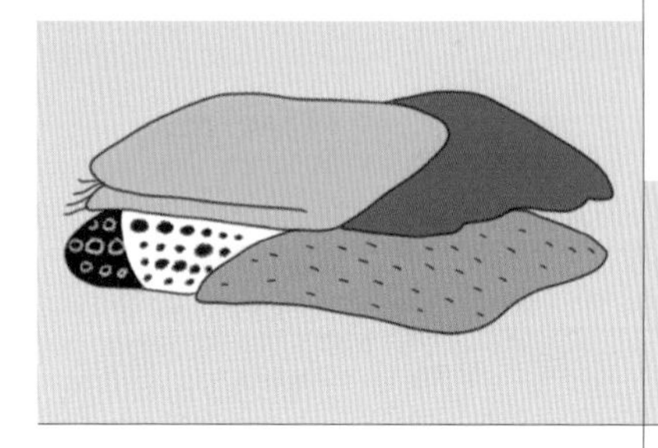

소파에 아무렇게나 걸쳐놔도 멋스럽고,

전기장판과 함께면 최고의 조합이다.

담요를 너무 좋아하는 나는
자취인 치고는 꽤 많은 담요를 샀는데,
가장 처음에 샀던 건 무X양품의 모포로

매장에서 환상적인 촉감에 반해 구입했지만

세탁 후 촉감이 변해버린 슬픈 담요다.

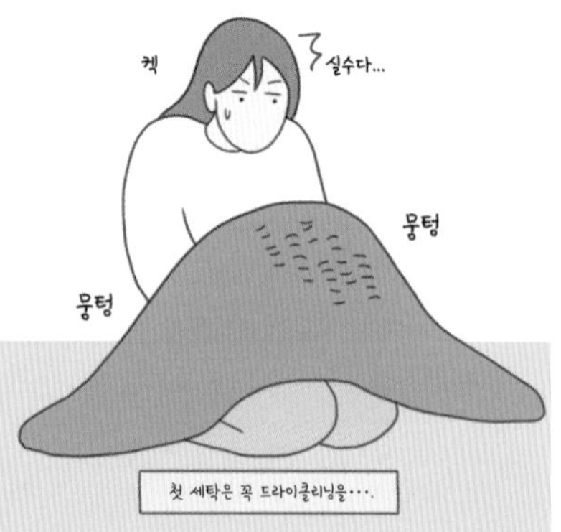

그래도 예쁜 컬러감과 넉넉한 사이즈 때문에
여전히 애용 중이다.

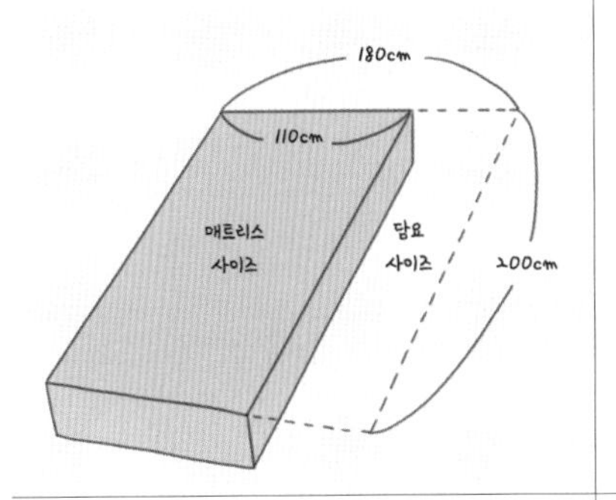

두 번째는 모 리빙브랜드에서 반값 세일을 할 때 산
빈티지한 꽃무늬 극세사 담요로,

진짜 눈물 나게 부드럽고,

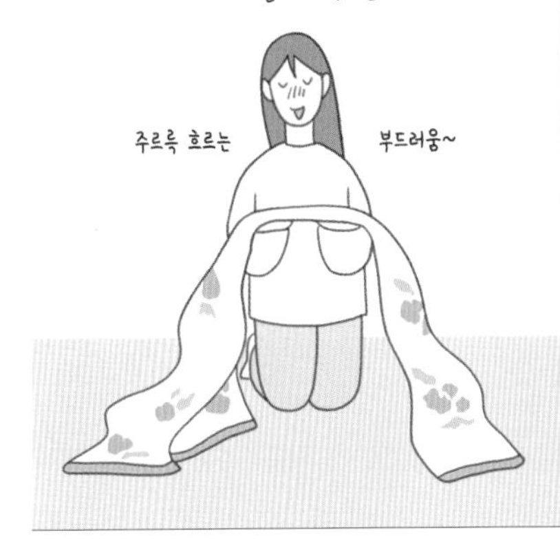

세탁기의 일반 세탁에도
촉감 변화가 없는 고마운 친구다.

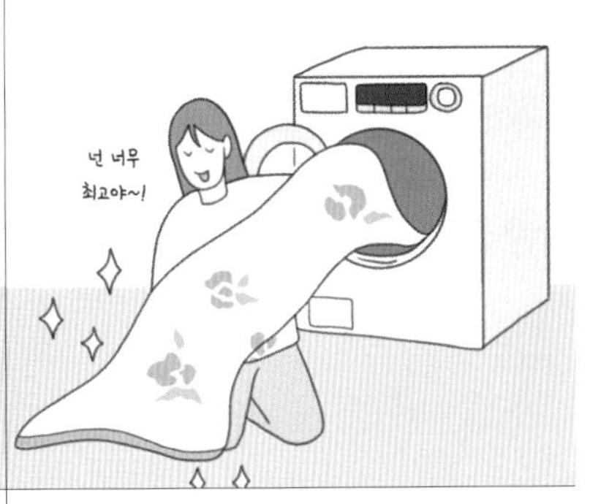

가장 최근 구입한 담요는 큰맘 먹고 산
핀란드산 울 100% 담요인데,

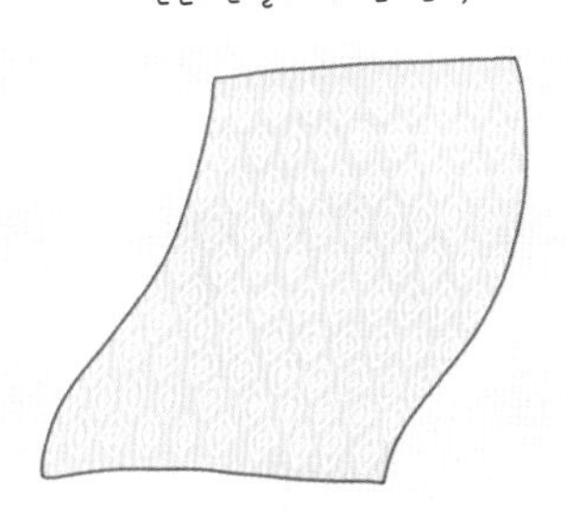

커다란 울 스웨터처럼 거칠고 투박하지만,
무게감이 있어 포근하다.

겨울 끝자락에 세일 가격으로 득템했다.

집에 가져오자마자 패드처럼 깔아주었다.
음 좋군~
그리고 일주일이 채 되지 않았을 때···
자야겠다.
비틀
비틀
풀썩-
꾸웨에에엑!
홍조 토사물
함정인가...
홍조는 침구가 맘에 들지 않을 때 꼭 침대 위에 토해놓는다.
거의 깔자마자 드라이클리닝을 맡기러 가야 했고,
춥다, 추워.

예상보다 시간이 많이 걸렸다.

일주일 후 거짓말처럼 봄이 왔다.

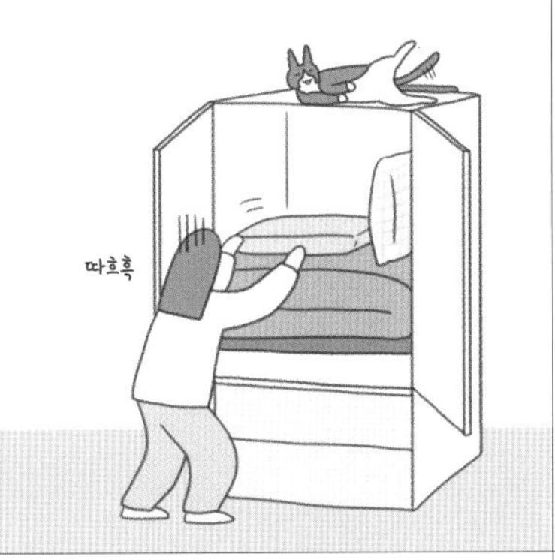

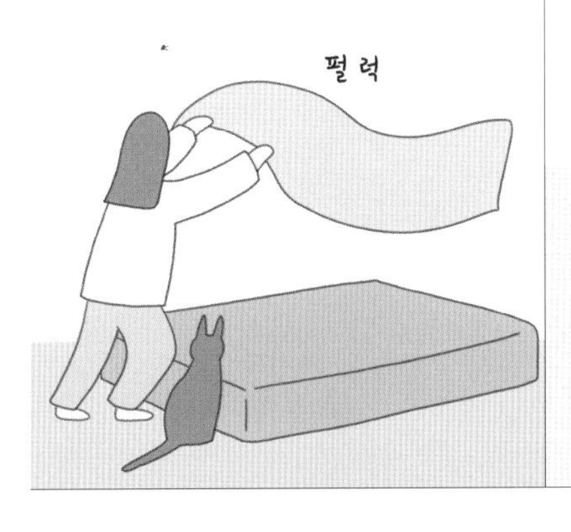

크~ 다시 돌아온 담요!
너무 최고다~
뒹구르르
옳지,
이리와.
척
조마조마
척
척
척
어때?
호오 이것은!
작년과 다르게 세탁소에 다녀온 담요는 합격점을 받았다.
만 족
깨끗하고
우리 집 냄새가
나는군~!
아무튼 모시기도 까다롭다.
작년에 귀찮아서 사오자마자
세탁도 안 하고 그냥 깔았는데.
그래서 싫어했나.

울이나 모헤어 등의 천연섬유 담요는
드라이클리닝을 맡길 수 있다면 가장 좋지만,
여의치 않다면 집에서 홈드라이 세제를 이용해 욕조에서
세탁하거나 울코스로 살살 돌린 후 그늘진 곳에
잘 펴서 말려주세요.

일반적으로 사용하는 폴리에스터 소재의 극세사 담요는
세탁기 울코스로 세탁해도 무방하나,
섬유 사이사이에 잔여물이 남기 쉬우니
섬유유연제나 표백제를 사용하지 않는 편이 좋습니다.

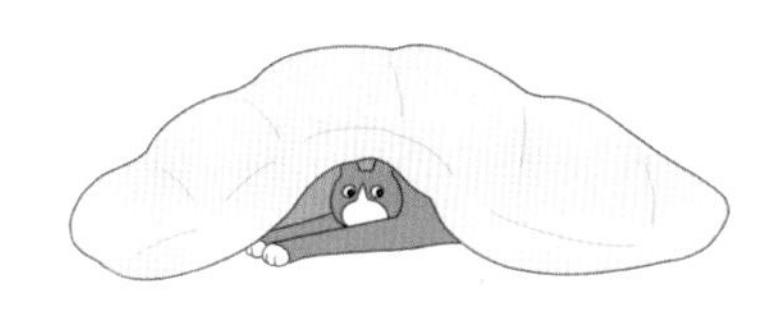

수족냉증에 스스로 발열하지 못하는 체질인 나는 여름을 제외하면 내내 전기장판을 끼고 산다. 이런 나에게 겨울을 나기 위한 제품들은 강한 구매욕을 불러일으킨다. 생존을 위해 생겨난 자연스러운 소비 성향인 것이다. 혼자 살면서도 여러 개의 담요를 짊어지고 이사를 다녔던 것도 아마 그런 이유였을 것이다. 급기야는 올해 겨울에 홍조 굿즈로 담요를 스스로 제작했다.
추운 집에 살 때 사 모았던 난방 기구들은 현재 작업실에서 제 역할을 다하고 있다. 지금 집에서는 전기장판 외에 특별히 다른 겨울나기 제품을 사용하지 않는데, 조만간 보온 물주머니를 하나 장만해볼까 한다. 홍조가 너무 좋아해서 빼앗기고 만 전자레인지용 찜질팩이 있는데, 작업실에서 친구의 보온 물주머니를 한번 사용해보니 이거야말로 홍조에게 딱 좋다 싶었던 것이다. 홍조가 보온 물주머니를 끌어안고 누워 있을 모습을 상상하니 벌써부터 입가에 미소가 지어진다.

가습기

급작스럽게 찬 바람이 부는가 싶더니
후×스 입길 잘했다.
건조함이 찾아와버렸다.
죽음의 더위를 거쳐 '극심한 건조+죽을 수도 있을 것 같은 추위'의 계절이 오는구나···.
으... 내 목
괜찮아?
전기장판+난방 콤보
홍조 물그릇의 물도 밤사이 훌쩍 줄어들고
헉, 어젯밤에 꽉 채웠는데 벌써?!
훌쩍
홍조 코에도 자꾸 코딱지가 끼는 듯하다.
거뭇
가습기를 틀 때가 왔군.
이리 와, 떼어줄게~!
응?

싫엇!!!
앗!
눈곱 떼는 건 괜찮은데
코딱지 떼는 건 싫어하는 고양이
높은 곳으로 도망쳐버린다.
내 키가 작다는 걸
잘 알고 있는 녀석이군.
가습기나 씻어둬야겠다.
오랜만에 사용하게 된 가습기는 깨끗하게
세척해야 하므로 분리되는 부분을 모두 분리하여
뽀각
식초나 베이킹 소다로 살살 세척해준다.
싹
싹
초음파 가습기의 경우 가운데 진동자 부분은
조심조심 세척한다.
저는 면봉을 이용합니다~.
쏙쏙

가습기는 초음파식, 가열식, 자연기화식 등이 있는데,
초음파식은 가장 흔하고 저렴한 편이지만
분사되는 물 입자가 커 세균이 번식하기 쉽다고 한다.

가열식은 물을 끓여 가습하기 때문에 살균효과가 있고,
따뜻한 증기가 나오므로 실내 온도를 낮추지 않는다.

자취인들이 새로운 기계를 들이기 부담스러울 때,
젖은 수건들을 걸어놓는 방법을 선택하곤 하는데

자연기화식 가습기나,

사무실에 놓고 쓰는 작은 가습기,
숯을 넣은 물그릇도 같은 원리다.

숯을 사용해볼까 했는데
홍조가 물을 다 마셔버릴 것 같아서 그만뒀다.

자, 그럼 햇빛과 바람에 뽀송뽀송하게
마른 가습기를 조립해서 가동해보자.

내가 사용하고 있는 제품은 디퓨저 겸용인데,
예민한 홍조를 위해 디퓨저로는 사용하지 않고 있다.
향이 고양이 신경계에 문제를 일으킬 수도 있기 때문.

그리고 물은 반드시 매일매일 갈아준다.

드디어 올해 첫 가습기 가동!

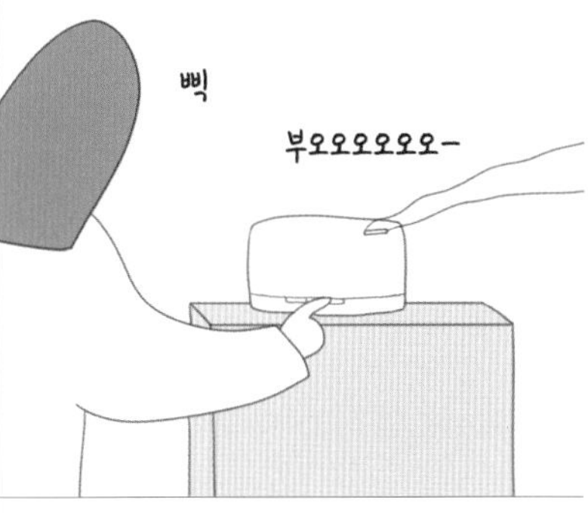

매년 트는 가습기인데 홍조는 매번 놀라워하고,

상당히 의식하며 언짢아한다.
경계
그래서 침대에서 조금 떨어진 곳에
가습기를 두기 시작했는데
눈치
원래 가습기를 너무 얼굴 가까이 두면
호흡기에 좋지 않다고 한다.
예전엔 그것도 모르고
얼굴을 갖다대곤 했죠.
와, 미스트야~!
홍조야, 너는 정말
건강에 이로운 고양이란다.
예쁘기도 하지.
인간이 나에게
애정을 표현하고 있군.
그릉
그릉
그릉
그릉
그릉
그릉

방심의 순간!
후빗

공기가 촉촉해지면 코딱지도 더 잘 떼어지는 기분.
당했다.
코딱지
성공~!

마음을 편안히 하는 데 사용하는 아로마오일 중에 고양이에게 해로운 것이 많다는 이야기는 집사들이라면 대부분 알고 있을 것이다. 내가 사용하는 가습기는 원래 아로마오일 디퓨저 겸용이다. 그런데 홍조가 있으니 제 기능을 다하지 못하고 일반 가습기가 되어버렸다. 마찬가지로 고양이가 있는 집에서는 절대 일반적인 향초를 사용하면 안 된다. 왁스와 오일이 타들어가면서 발생되는 물질이 후각이 예민한 고양이에게 몹시 해롭기 때문이다.
그러므로 아로마 향을 이용해 마음을 편안히 할 생각일랑 접어두고, 고양이의 향과 뱃살의 감촉으로 대신하자. 개인적으로는 숙면에 좋다는 라벤더 향보다 푹 자고 일어난 홍조의 배 냄새가 불면증에 훨씬 효과가 좋았다. 고양이는 잠을 부르는 요정이니까. 진심으로 누군가 고양이 향 섬유유연제나 섬유탈취제를 개발해주었으면 좋겠다.

러그

러그는 접근성이 높은 리빙 아이템이다.
혹시 배송도 되나요?
네, 가능합니다~!
리빙 아이템을 취급하는 가게에 가면 어디서나 쉽게 볼 수 있음.
실내 인테리어에서 저비용으로 집 안 분위기를 바꾸고 싶을 때, 추천 목록에도 빠짐 없이 끼어 있다.
SNS에 볼 수 있는 잘 꾸민 집 사진에 러그를 깔지 않은 것을 찾아보기 더 어려울 정도로 대중적 아이템이 되었죠.
나도 러그를 적극 활용하고 싶었으나 예전 집은 붉은 바닥이라 내가 가지고 있던 그 어떤 러그도 어울리지 않았고,
그나마 하얀색이 제일 나았음.
그래서 그땐 미래의 저의 집을 상상하며 러그를 샀습니다.
이사한 집은 옅은 회색 바닥이기에
흐엉, 너무 행복해~!
나도 새집 좋아.
이제서야 러그들을 적극 활용하고 있다.
뒹구르르~
새로 구입하게 된 가구들은 밝은 톤의 나무색으로, 소품이나 패브릭은 회색과 베이지톤으로 맞춰가고 있고,
집이 좁아 어두운 톤은 쓰지 않는다.

러그는 계절에 따라 극세사, 면, 왕골을
번갈아가며 사용한다.

극세사 러그는 난방하기 애매한 계절에 깔아두면
차가운 바닥과 달리 발에 닿는 느낌이 포근해서 좋다.
홍조도 살짝 따뜻하는 포근함 때문인지
그 위에서 식빵 굽기를 좋아한다.

세탁도 그냥 세탁기에 넣어 돌려주는데

전에 쓰던 세탁기 중 너무 작은 용량의 드럼세탁기에
돌렸다가 끝부분이 찢어져 나온 적이 있었다.

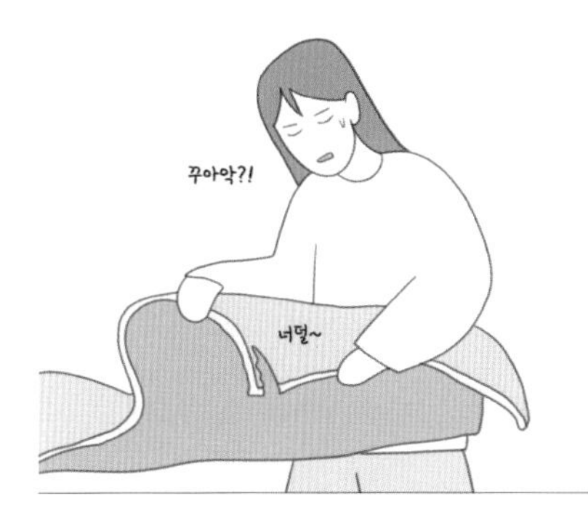

러그의 크기가 꽤 큰데 10kg 이하의
세탁기를 사용한다면, 코인빨래방 이용을 추천한다.

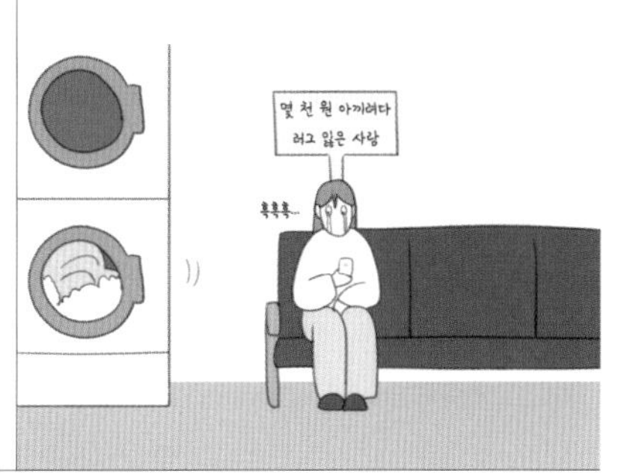

굵은 짜임의 면 러그는 무난한 날씨에 깔아두고 홍조도 함께 물고 뜯고 즐긴다.

하얀색이라 세탁을 자주 해야 하는데
면 소재라 세탁 부담이 없어서 좋다.

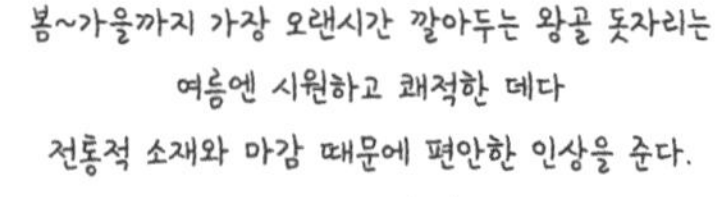
봄~가을까지 가장 오랜시간 깔아두는 왕골 돗자리는
여름엔 시원하고 쾌적한 데다
전통적 소재와 마감 때문에 편안한 인상을 준다.

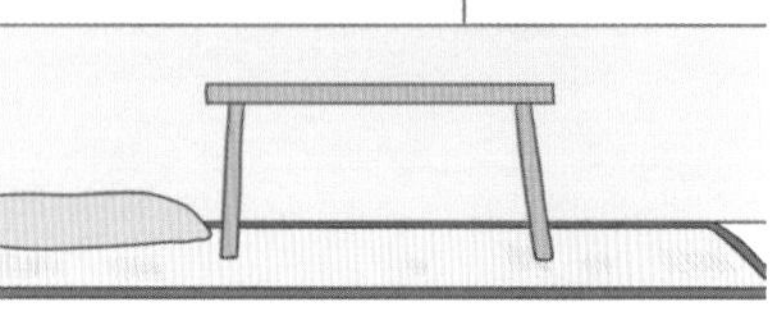

그 밖에도 긴 털로 되어 있는 파일 러그나,

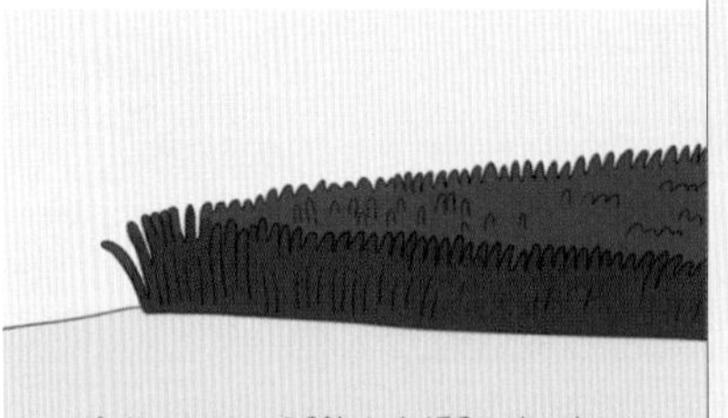

겨울에는 따뜻하고 포근한데 반려동물이 있는 집에서는
털이 사이사이로 들어가서 청소를 부지런히 해야 한다.
집먼지 알러지가 있는 사람이라면 더욱 비추천.

PVC 러그 등이 있다.

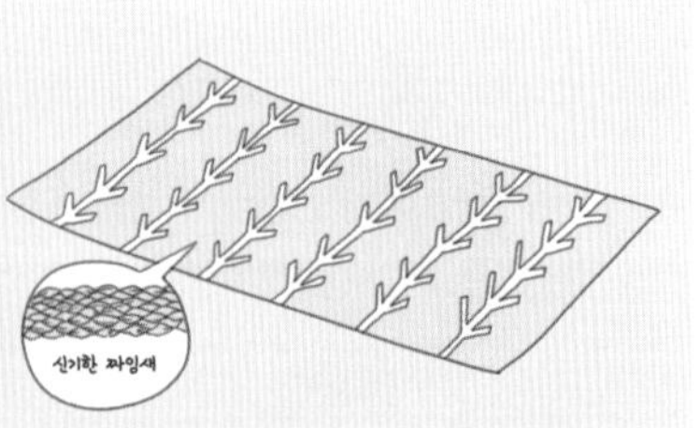

최근 각광받는 소재로 해외구매 시 '플라스틱 러그'로
검색하면 다양한 제품들을 볼 수 있다. 세탁도 편하고
먼지도 없어 아이, 반려동물을 키우거나
알러지가 있는 사람들에게 추천. 돗자리처럼 쓸 수도 있다.

그리고 예전에 우연한 기회로 러그 크기의
빈티지 페르시아 카펫을 본 적이 있는데

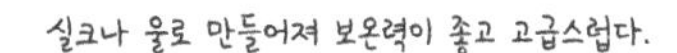
실크나 울로 만들어져 보온력이 좋고 고급스럽다.

팔아야 할 물건이었기에 위에 투명 커버를 씌워 두었지만,
집에서 사용한다면 일반 카펫처럼 관리해주면 된다.

그치만 역시 장인들이 손으로 제작한
물건이다 보니 가격대가 매우 높고

우리 집에 들여놓으면 그 위압감에 카펫만 보일 것 같았다.

사실 러그를 깔면 나보다 홍조가 더 좋아하는데,
고양이란 동물은 바닥에 뭔가 깔려 있는 것을 좋아해서

러그뿐만 아니라 부엌 매트,

골 골 골 골

아무렇게나 던져놓은 옷

따수워~!

정리 못하는 집사를 둔 행복한 고양이

심지어 종이 한 장이라도 깔려 있으면
반드시 그 위에 자리를 잡는다.
그러므로 러그는 홍조에게 최고의 아이템인 셈.

고지서

그래! 깔아뭉개버려, 홍조!

또 홍조를 위해 좋은 점은 맨바닥에서 같이 놀 때인데,
고양이나 강아지가 신나게 뛰다가 미끄러지는 게
관절에 좋지 않다고 한다.

끼이이익-

몸은 이쪽으로 가고 싶은데
다리가 저쪽으로 미끄러짐

촤 촤 촤 촤

러그를 깔면 고양이가 뛸 때
관절 부담이 줄어들고,
층간소음도 줄일 수 있답니다.

푹 신

홍조도 심리적으로 러그 위로
뛰어내리는 게 더 안정적이라고 느끼는 듯함.

그러므로 댁에 모시는 고양이님이 풍채가 좋으시다~
싶으면 러그를 깔자.

홍조는 노묘가 되더니
살이 좀 빠져서
층간소음 문제는
이제 걱정 없지만요.

아가 같은
어르신~

사실 이번 집으로 이사한 이후, 예전만큼 러그를 활용하지 못했다. 새집이 놀라울 정도로 시원하고, 따뜻했기 때문이다. 이전 집은 여름에는 너무 더워 왕골 돗자리로 열을 식혀야 했고, 겨울에는 바닥이 얼음장처럼 차가워 러그를 깔아 조금이라도 덜 차가운 공간을 만들어야만 했다.

그런데 신축 빌라인 지금 집은 실내 온도가 평이하게 유지되어, 두 가지 러그 모두 꺼내지 않게 되었다. 그래도 가끔씩 홍조와 신나게 놀기 위해 극세사 러그를 깐다. 예전 기억 때문인지 홍조 앞에서 극세사 러그를 깔아주면 놀이의 시작임을 알고 곁에서 엉덩이를 들썩인다.

아직도 이렇게 노는 것을 좋아하는 홍조이지만, 올해 여름 정기 건강검진에서는 관절이 노화로 인해 조금씩 뾰족해져 있다는 진단을 받았다. 홍조의 노화는 당연한 것이지만, 의사 선생님의 입을 통해 들으니 훨씬 더 명확하게 다가오며 슬퍼졌다. 아무래도 홍조의 관절에 가해지는 부담을 조금이라도 덜기 위해 사계절용 러그를 깔아두어야 할 것 같다.

고양이 가구

얼마 전 본가 고양이들이 사용할 캣휠을
용달로 옮기다가 이런 일이 있었다.

최근에는 많은 종류의 고양이용 가구들이 있고,
고양이와 살다 보면 전용 가구를 들이게 될 확률이 높다.

나도 처음에는 작은 캣타워 하나만 사용했지만
곧 더 높은 캣폴을 사주고 싶어지더라.

그래서 가구를 하나 더 들이게 되었고
만족
면적은 적게 차지하고 높이가 높음.
한 번 산 고양이 가구는 버리지 않고 또 새로운 것을
사기 때문에 늘어날 수밖에 없는 것이다.
캣타워1
캣폴
캣타워2
공간 제약이 없는 집에 산다면 문제가 없지만,
얼마 전 방문했던 친구네 아파트
후~, 다 재미없다.
부잣집 도련님?!
작은 집을 둘 다 만족스럽게 사용하려면
가구 배치 계획이 필요하다.
8:2!!!
아니! 5:5!!
이번 이사하면서도 대충 이런 계획을 세웠는데
홍조 화장실은 전과 같이 베란다에
캣폴은 내방 침대 옆 구석으로
바로 뛰기 좋음.

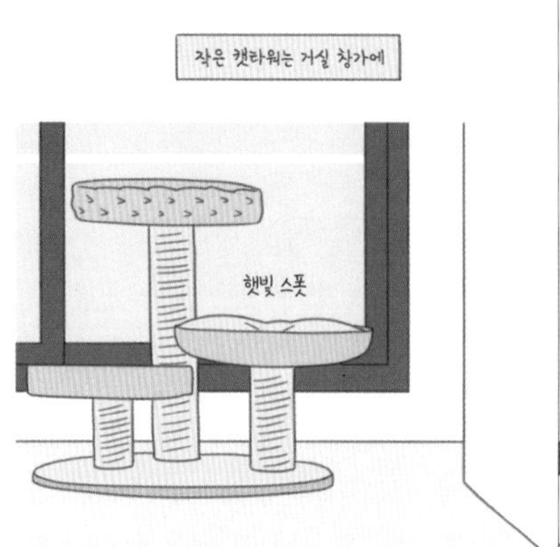

계획대로 되었다면 참 좋았겠지만
이사하면서 인간들의 가구에도 변화가 생기다 보니

대책이 필요하게 되었다.

후드형 화장실로는 절대 돌아갈 수 없기 때문에

인간과 고양이를 위한 하이브리드 가구인
고양이 원목 화장실을 들이게 되었다.

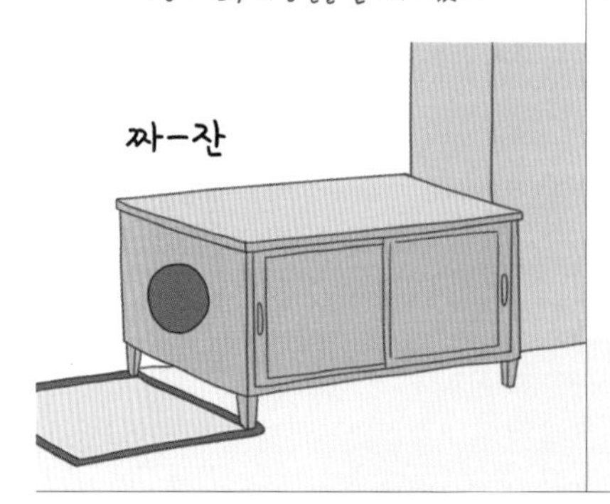

외양은 일반 가구같은데 안쪽에 고양이 화장실을
수납할 수 있고, 출입문과 통로가 있어 모래튐을 줄여준다.

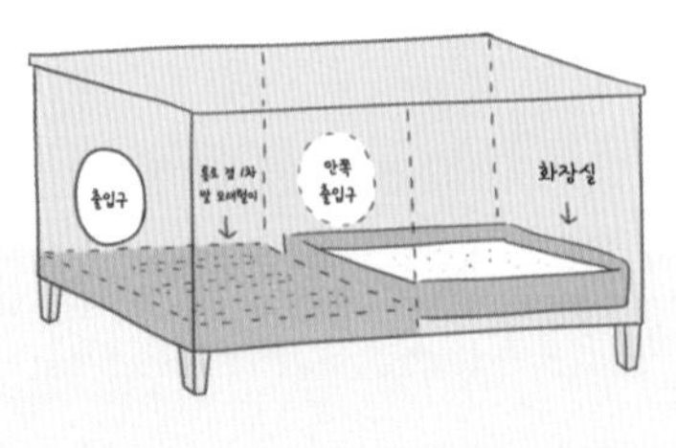

청소할 때는 미닫이 문을 열기만 하면 되기에 편리하다.

원목 화장실도 여러 가지 모양이 있지만
거실이 좁아 보이지 않도록 높이가 낮은 것을 골랐다.

홍조가 적응을 잘할까 조금 걱정했지만
일단 큰 문으로 들어가게 하고

가차없이 문 닫아버리기.

홍조는 당황하지 않고 모래를 몇 번 팍팍 파더니

출입 구멍으로 나왔고,
그 이후에는 자연스럽게 이용하기 시작했다.

그러나 원목 화장실이라는 새로운 가구를 들이고 나니
거실 공간이 좁아져서 원래의 배치 계획이 다시 틀어졌고
가득~
가득~
거실에 작은 캣타워를 못 놓게 되었군.
퍼즐 맞추듯 적절한 장소에 가구들을 배치하여
지금은 안정된 상태가 되었다.
이건 이쪽
이건 저쪽
안정되고 나니 홍조의 평가가 뒤따르고
작은 캣타워는 여기 두는 게 훨씬 마음에 드는구나.
새로운 요구사항들도 속출하고 있어서
저기도 내가 이용할 수 있어야 한다!
옷장 위를 쉽게 올라갈 수 있는
캣스탭을 설치해야 할 것 같다.
이 쪽에
곧 준비해드리겠습니다.
빨리 준비하거라!
이런 식으로 홍조의 가구 지분이 늘어만 가고 있습니다.
캣스텝 주문 완료

작은 집에 들이기 전에 잘 생각해봐야 하는 고양이 가구들
대표적으로는 캣타워, 캣폴이 있습니다.
캣타워는 소형부터 초대형까지 다양하게 고를 수 있지만,
소형이라도 꽤 자리를 차지한답니다.
캣폴은 기둥에 입맛대로 옵션을 추가할 수 있는 편리함이 있죠.
<소형 캣타워의 예>
해먹 추가 가능
하우스 추가 가능
스텝 갯수 선택 가능
<캣폴>
벽면에 설치하는 캣스탭은 모든 애묘인의 로망인데
흔치 않은 이유는 집이 자가여야 한다는 조건 때문일 듯합니다.
벽에 구멍을 뻥뻥 뚫어야 하니까요.
저는 월세러이므로 마음속에만 간직하기로 합니다.
고양이 운동기구인 캣휠은 크기가 생각보다 크고 무게도 무겁습니다.
게다가 몸체와 받침대로밖에 분해가 안 되어 운반하려면
최소 SUV 혹은 다마스가 필요하니 신중히 들이도록 합시다.
아직은 아무것도 들이고 싶지 않다 싶으면
삼줄이나 면줄을 사서 인간 가구의 기둥에
꽁꽁 감아주는 것을 추천합니다.
이것도 은근
좋아하거든요~.
빨리 해봐라~!
꾹 꾹

요즘 고양이 가구들을 검색해보면 정말 별세계 같다. 우리 집의 첫 고양이였던 카오를 데려왔을 당시만 해도 캣타워의 종류가 많지 않았다 그런데 약 10년 만에 고양이 관련 제품 시장이 어마어마하게 커진 것이다.

홍조가 사용했던 첫 캣타워는 높이가 100cm도 되지 않는 작은 모델이었다. 원룸에 살고 있기도 했고, 언제 이사 갈지 모르는 학생 신분이었기에(지금도 크게 다르지는 않지만) 고양이를 위해 큰 가구를 들이는 게 부담스러웠다. 그 이후 친오빠와 함께 살게 되면서 집이 넓어졌기에 캣폴을 들이게 되었고 지금까지도 잘 사용하고 있다. 나무로 만들어져 생각보다 아주 튼튼하고, 이사해서 천장 높이가 달라지더라도 맨 아래의 나무봉만 새로 주문하면 되어 계속 사용할 수 있다. 그리고 얼마 전에는 새 가구인 창문용 캣워커를 들였는데, 창문 사이즈에 딱 맞춰 주문 제작할 수 있어 편리했다. 이렇게 좋은 제품들을 발견할 때마다, '우리 홍조가 어렸을 때는 이런 거 없었는데…' 하고 서운한 마음이 든다. 몇 년 후에 또 같은 생각이 들겠지만.

원목 화장실의 최후

고양이 원목 화장실을 사용한 지 6개월쯤 지났을 무렵,

갑자기 홍조에게 변비가 찾아왔다.

장기의 기능이 떨어지는 노묘에게는 종종 일어나는
일이라고 하는데 생각지도 못했기에 많이 당황했다.

비슷한 시기에 홍조가 간혹 소변을 서서 보곤 해서

홍조의 배변 활동을 내가 직접 볼 수 있는
화장실로 바꾸는 것이 좋겠다는 결론에 도달했다.

혹시 질병일까 걱정이 되어 병원에 문의해봤더니
서서 소변을 보는 게 더 편하다고 느끼면
건강상의 문제가 없어도 그러기도 한다고.

그래서 시중에 파는 화장실 중
가장 크고 깊은 화장실을 구매했다.

자연스럽게 원목 화장실은 더이상 필요가 없어졌고,

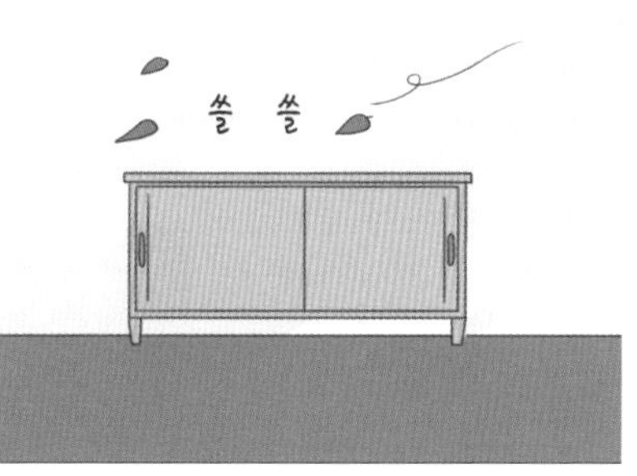

사용한 지 6개월 만에 이별하게 되었다.

이후 홍조는 거대 화장실에서
건강한 배변 생활을 이어나가는 중.

홍조의 변비를 겪었던 날, 말 그대로 죽을 뻔했다. 뭉친 대변이 항문 끝에 걸려 나오지 못했던 것인데, 원인을 몰라서 하루를 꼬박 간호하며 눈물만 흘렸다. 그러다가 원인을 알게 된 순간, 앞뒤 잴 것도 없이 손으로 뽑아버렸다. 아, 물론 휴지는 대고. 그 순간 긴장이 확 풀리면서 잠들었다.

그날의 경험으로 고양이의 아랫길이 막히면 위로 모든 것을 계속 토하며, 비정상적으로 침을 흘린다는 것을 알았다. 혹시나 같은 경험을 하게 될 애묘인들을 위해 사명감을 갖고 만화로 그려 SNS에 공유했다.

엄밀하게 따지자면 원목 화장실 자체가 문제였던 것은 아니다. 다만 홍조가 화장실을 들락거리며 괴로워하고 있었을 때, 원목 화장실은 내부를 볼 수 없어 발견이 더 늦었다. 지금 사용하는 화장실도 투명한 것은 아니지만, 위에 구멍도 뽕뽕 뚫려 있고, 홍조의 이상 행동은 알아챌 수 있을 정도로 개방되어 있다. 원목 화장실은 꽤 비쌌고, 마음에 쏙 드는 디자인이었지만 얼마 못 쓰고 버린 것에 대한 후회는 전혀 없다. 내 고양이의 편의가 가장 중요하니까.

건조기

건조기에 대한 찬양은 본가로부터 시작되었다.

고양이 다섯 마리에서 뿜어져나온 갖가지 털이 수건에 붙는 게 당연했던 본가의 나날.

건조기를 들인 후부터 어머니께서 놀라움을 표현하기 시작했다.

그러나 인간은 경험해보지 못한 미지의 물건에는 관심조차 생기지 않는 시기가 있는 법

게다가 집에 제습기가 있었기 때문에

건조기를 들일 생각은 전혀 없었다.

빨래를 널고,

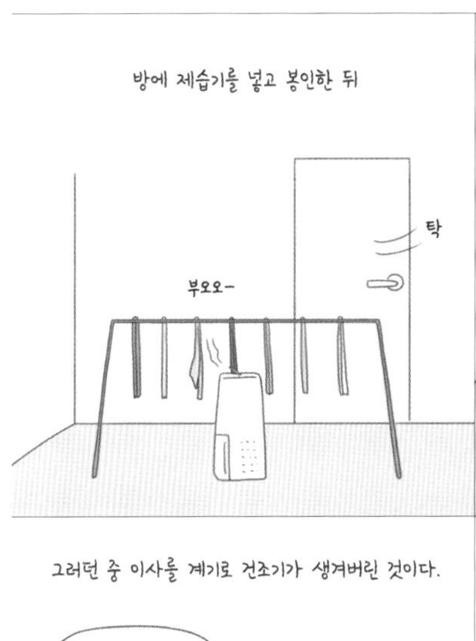

그러던 중 이사를 계기로 건조기가 생겨버린 것이다.

배수관을 같이 쓰고 싶다면
건조기를 세탁기 위에 설치하는 게 좋은데

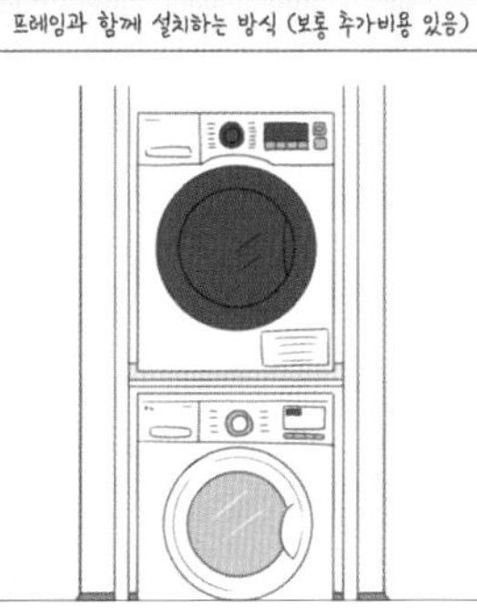

우리집 베란다는 공간이 협소하기도 하고 세탁기와
건조기의 용량 차이가 꽤 있어 그냥 따로 설치했다.

그리고 표준모드 가동
드드드드-
헉, 세탁보다
오래 걸리잖아?
덜그럭
덜그럭
1시간 40분 후
삐뽀삐뽀!
덜컥
이, 이 따뜻한 기운은?!
빨래가 따끈따끈해!
이것은 햇볕에 누운
고양이의 느낌이다!!
게다가 부드럽고!
색도 선명해!
먼지통도 한번
확인해보자.
후다닥

홍조야, 이게 다 니 털이야!!
끄어억!
믿을 수 없군. 기각.
큰 먼지+미세한 먼지+홍조 털!
King God
킹 갓 건 조 기!
건조기 1회분 먼지볼
홍조도 갓 나온 빨래를 아주 좋아한다.
따끈
따끈
털을 빨래에 다시 붙이고 있네.
하지만 이해한다.
갓 구운 빨래와 식빵냥이.

이제 빨래는 넣었다가
옮겨 넣었다가
접기만 하면 된다.

이제 나는 건조기 없는 삶으로는
되돌아갈 수 없는 인간이 되어버렸다.

이불 털기 기능도 최고다.

앞으론 신문물을 빠르게 받아들이는
사람이 되자고 생각했다.

우리 집 올해의 전자제품
1등으로 인정합니다.

자, 쓰담쓰담해~

내가 구매한 건조기는 전기 건조기로,
예전엔 긴 건조시간 때문에 전기비가 많이 나온다는
편견이 있었으나 직접 사용해본 결과 그렇지 않다는
결론에 도달했다. 최근 가정용으로 두루 쓰이고 있다.

가스 건조기는 고온 건조하여 전기 건조기보다
건조시간이 짧다는 장점이 있지만 도시가스 배관 옆에
설치해야 하고, 이사할 때 재설치가 까다로워
요즘에는 선호도가 떨어지는 편이다.

새집으로 이사 오면서 사길 잘했다고 생각한 품목을 꼽아보았는데, 아직도 건조기가 부동의 1위다. 2위에는 약간의 변화가 있었다. 플레이 스테이션에서 닌텐도 스위치로. 나는 변화를 좋아하는 편이 아니라 새로운 물건을 들이는 것에 적극적이지 못하다. 특히 전자제품이 되면 투자하는 자본금의 단위가 커지므로 더욱 신중해진다. 그런데 건조기는 왜 더 빨리 들이지 못했을까 아쉬울 정도로 만족도가 높다.

오빠는 집먼지 알레르기가 있어 먼지통은 항상 내가 비우는데, 이 역할도 아주 마음에 든다. 가장 짜릿한 순간은 낮에 침구를 세탁해서 저녁에 그 세팅 그대로 다시 덮고 잘 때이다. 그래서 확실히 일반 빨래 건조대를 사용할 때보다 침구의 가지 수가 줄어들었다. 좋아하는 이불과 패드, 베개 커버를 연이어서 사용할 수 있게 되니, 추가적인 침구 소비에 대한 욕구가 낮아진다. 건조기 덕분에 필요한 만큼만 가지고 생활하는 삶에 조금 더 가까워진 기분이다.

커튼

자주 다니는 역 근처에 새로운 가게가 생겼다.

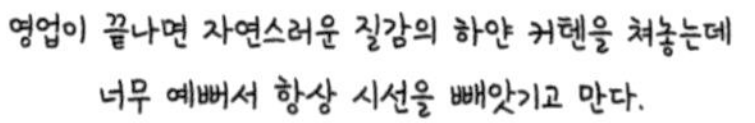

찰랑-

나는 종종 새벽에 마감을 하고
아침이 다 되어 잠이 들곤 하는데,

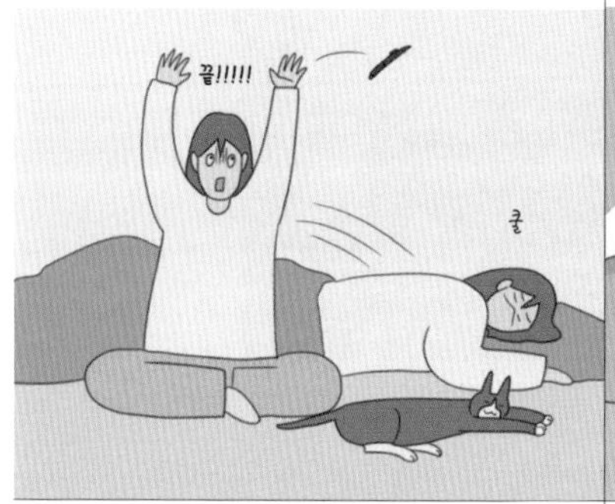

햇빛 때문에 강제 기상하게 되는 경우가 있어서
창문에 뭔가를 달아볼까 하던 참이었다.

커튼 천의 재질에 따라 빛 차단 정도를 조절할 수 있는데,
창문이 큰 거실이나 쇼룸 같은 곳에서는 커튼으로 은은하게
빛을 가리며 편안한 분위기를 만들고,

침실에는 두께감이 있는 이중 커튼이나 뒷면에
암막 처리가 된 커튼을 쳐 완벽하게 빛을 막기도 한다.

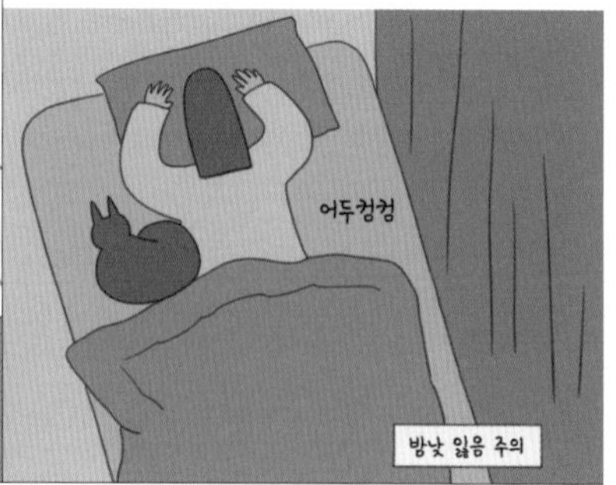

밖에서 집 안이 너무 잘 들여다보이는 것 같을 때도
요긴한 아이템이다.
앞집 사는 분이랑 인사 가능하겠는데?
나한텐 가끔 해주셔.
내가 어렸을 때 어머니는 커튼을 전문으로 취급하는
근처 가게에서 맞춤으로 구매하곤 하셨는데,
가격이 꽤나 비쌌던 걸로 기억한다.
어서 오세요~!
주렁
주렁
따라 간 적이 있었는데 자카드 등 수많은 원단 샘플이 있어 눈이 휘휘 돌아가곤 했습니다.
하지만 요즘 인터넷 쇼핑몰에서는 창문 크기만 입력해
주문하면 맞춤 커튼을 집으로 받아볼 수 있다.
바닥에 질질 끌리면 먼지도 많이 끼고 보기에도 안 좋으니 정확하게!
설치 방식도 커튼봉, 레일을 고를 수 있다.
커튼 박스 시공이 안 되어 있는 집이라면 아무래도 레일이 깔끔할 듯합니다.
커튼 박스: 창가에 커튼 설치를 위해 천장 부분이 움푹 들어가게 만든 것. 커튼 봉이 보이지 않도록 해준다.
이전 집에서 검은 곰팡이의 온상이었어서 커튼박스의 인상 너무 안 좋아.
가정용 미싱을 보유하고 있고, 커튼을 설치할 창문의
크기가 그리 크지 않다면 직접 제작하는 것도 추천한다.
이 정도 크기라면 혹시 나도?!
동대문 시장에 가면 원단과 부자재를 직접 볼 수 있고,
저렴하게 원단만 구매하거나, 커튼집이라면
주문 제작도 할 수 있다.
오옷! 오랜만의 오프라인 쇼핑~!

원단만 사면 정말 저렴하지만 자신의 노동력이 더해져야 하므로
빨리 포기하고 전문가와 공장생산의 힘을 빌리는 것도 좋다.

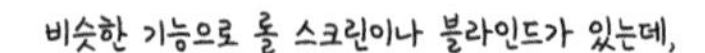

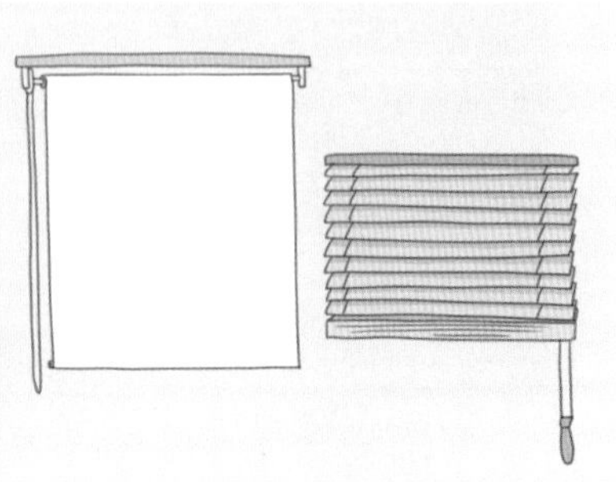

롤 스크린은 정말 기능만을 위해 나온 제품 같아서
내 방에 설치하고 싶지는 않다.

블라인드는 우드 블라인드가 비주얼도 괜찮고,
기능면에서도 원하는 바를 이룰 수 있을 것 같다.

커튼 숨숨 놀이를 설명하기 위해 커다란 암막 커튼이 있던 학창시절 나의 방을 배경으로 해본다.
암막 커튼
본가 고양이가 그 암막 커튼 안에 들어가 숨곤 했다.
샤샥
홍조로 예시
고양이들은 태생이 귀여워서 스스로 엄청 잘 숨었다고 생각한다.
내가 여기 있는지 아무도 모르겠지?
헤헷~
발 다 보임
그러면 모르는 척 이름을 부르며 찾는 시늉을 해준다.
조용—
홍조야~, 어디 있어~? 어휴. 못 찾겠네~?
방금까지 있었는데~?
밖에 나갔나~?
홍조의 이름을 부르짖으며 방에서 슬쩍 나갔다 돌아오면 이런 경우와
태연하게 침대에 누워 있음.
시침 뚝—
이런 경우가 있는데,
그대로 숨어 있음.
두근 두근!!!!
커튼 너머로 설렘이 느껴지네.

첫 번째의 경우 침대에 누워 있는 홍조를 보며
호들갑을 떨어준다.
아니, 내 방에 있었어~? 어디서 튀어나왔대~? 한참 찾았잖아~!
중요: 엄청 놀란 척해야 함.
더욱 의기양양해진 모습을 볼 수 있다.
으쓱
으쓱
나만의 비밀 장소가 있지.
그대로 숨어 있다면 커튼을 사알짝 들추며
깜짝 놀란 시늉을 해준다.
에구! 여기 있었어??!!
쌩—
아무튼 깜짝 놀란 척이 중요.
그럼 신나서 엄청난 속도로 뛰쳐나가고,
인간을 놀래켰다는 생각에 뿌듯해한다.
후후, 성공했다!
뿌듯
으으, 아무리 생각해도 그 놀이를 포기하기 어려워.
역시 커튼인가?
우드 블라인드 사려고 했던 사람
실용성과 집사로서의 만족감 사이에 고민이 커져,
우선은 이X아에서 파는 종이 블라인드 먼저 붙여놓고
고민해보기로 했다.
이러다 다음 집 이사갈 때까지 이거 붙이고 있는 거 아니겠지···.
3,900원

만화에서의 마지막 말이 저주가 되었는지, 아니면 나는 나 스스로를 너무 잘 알고 있는 건지…. 고백하자면 나는 아직도 종이 블라인드를 쓰고 있다. 종이 블라인드는 완전한 차광은 안 되지만 아침에 너무 눈부시지 않도록 하는 정도에는 충실한 데다 의외로 비주얼도 괜찮다. 이걸로 충분하다는 생각이 들어서 정체된 상태다. 사실 마음만 먹으면 거실 쪽 통창에 커튼을 설치해서 홍조와 커튼 숨숨 놀이를 할 수 있을 텐데. 나의 미진한 실천력을 반성한다.

하지만 요즘 홍조는 다른 숨숨 놀이를 하고 있다. 따뜻하게 전기장판을 켜놓은 두 개의 침대 중 하나를 골라 이불 속이나 패드 아래까지 파고들어가 숨는다. 홍조가 내 옆에 보이지 않고 갑자기 조용해지는 게 놀이 시작의 신호다. 단순히 자러 들어갔다고 생각할 수도 있지만 내가 찾으러 다니면 발견하기를 기대하는 것처럼 작은 소리를 내기 때문에 이것은 분명 놀이의 일종이다. 그 모습이 너무 귀여워서 당분간은 커튼 숨숨 놀이가 없어도 될 것 같다.

커트러리

나는 그릇이나 컵 욕심은 꽤 있는 편이지만

커트러리 쪽은 단출하다.

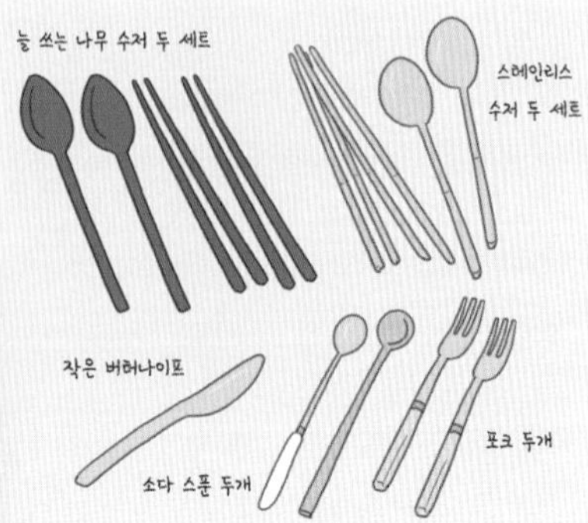

최근 변화가 있었다면 얼마 전에 중국집 음식을 시켰다가
실수로 숟가락을 돌려드리지 못해 하나 늘어난 정도.

오히려 홍조 간식 서빙용 커트러리에
관심이 많은 편이랄까.

작은 디저트용 스푼들을 보면
나보다 홍조가 먼저 생각나고,

아이스크림 가게 같은 곳에서 받는
일회용 수저도 잘 뒀다가 사용하고,

아예 반려동물 간식용으로 나온 제품을 구매한 것도 있다.

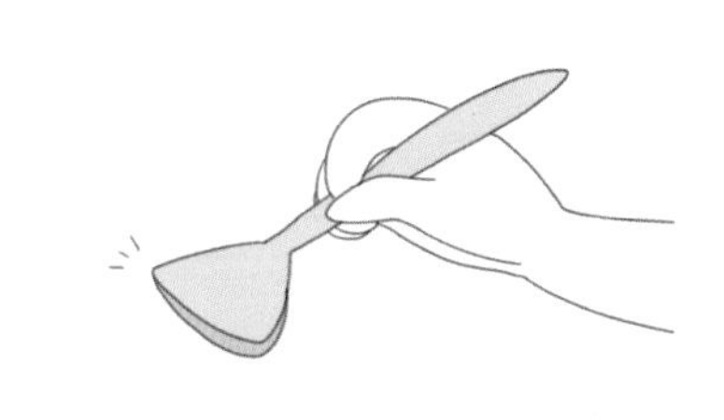

홍조는 선비 같은 성격이라 간식을 그릇에
다 덜어 줄 때까지 얌전하게 기다리는데

마지막 한 점까지 긁어낼 수 있게 해주는
요긴한 아이템이다.

그러다가 인간용 커트러리를 마련해야겠다는
생각이 든 것은

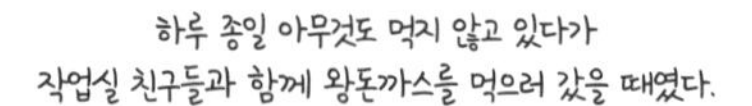

음식 나왔습니다~!

와, 접시 진짜 크다.

멜라민으로 된 듯한 큰 접시에다
거대한 돈까스를 썰고 있는데

집에서도 경양식을 차려먹어보고 싶다는 생각이 들었다.

커트러리는 양식 기본으로 코스에 따라 많은 종류의
스푼, 포크, 나이프가 있지만,

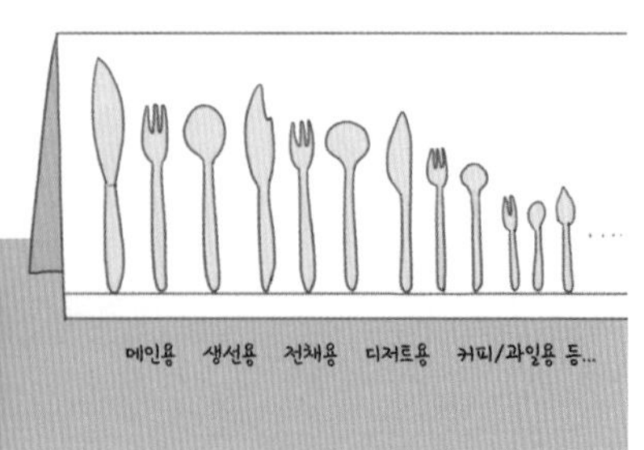

코스 요리를 차려 먹는 집이 아니라면
기본 사이즈만 있으면 충분하다.

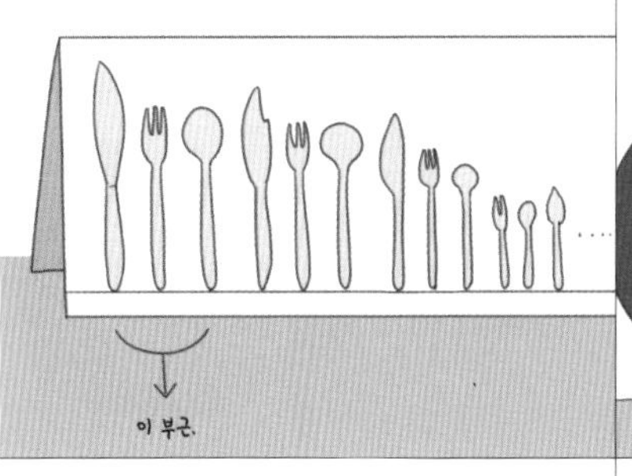

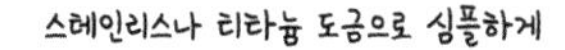

또는 나무 손잡이가 있는 제품으로 자연스럽고 클래식하게

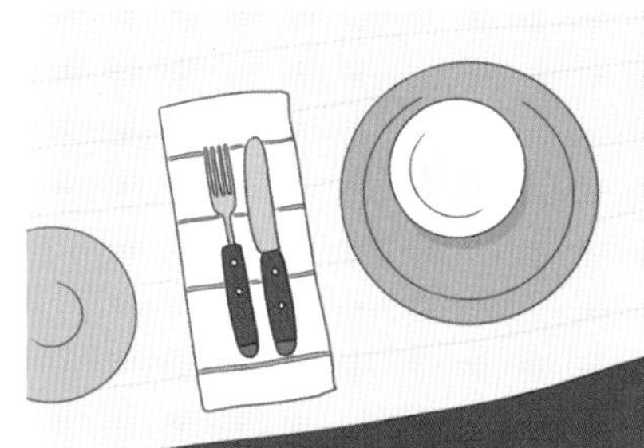

화려하게 골드 컬러 등
가지고 있는 식기와 잘 어울릴 만한 디자인을 고른다.

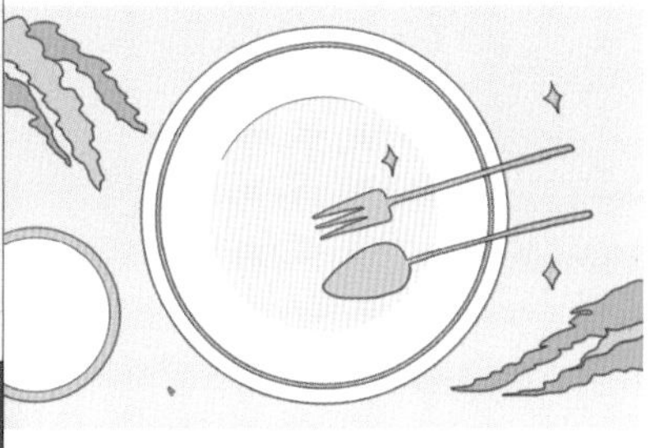

나이프는 직접 볼 수 있다면 손으로 잡아보고 사자.

혹은 음식점에서 취향의 커트러리를 발견하면
주인분께 물어보자. 사용감에서 실패할 일이 없어진다.

아시아권에 인기가 많은 브랜드에서는
젓가락이 출시되기도 하므로 통일감을 중요시한다면
함께 구입하는 것을 추천한다.

우리 집에는 자연스러운 느낌의 그릇들뿐이라
그와 잘 어울리는 나무 손잡이 커트러리와
나무 젓가락 조합을 사용하기로 했고,

한식용으로 유기로 된 수저 세트를 하나 사볼까 한다.

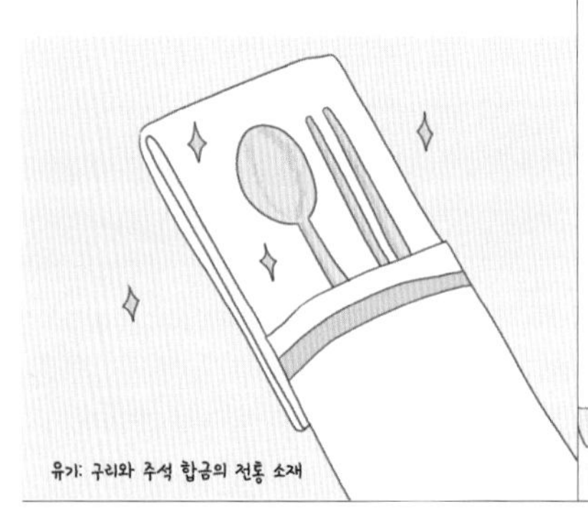

유기는 어른들이 좋아한다는 편견이 있었는데 직접 만져보니
묵직한 무게감과 은은한 빛깔이 딱 내 취향이었다.

홍조 간식용으로 작은 유기 숟가락도 같이 사야겠다.

서양식 커트러리를 장만하는 것까지는 좋았으나 내가 간과한 사실은 나의 식생활이 거의 초식 동물에 가깝다는 점이었다. 집에서는 고기를 거의 먹지 않아서 나이프를 쓸 일이 전무하다. 마음먹고 서양식 상차림을 해볼까 생각했다가도 결국엔 김치찌개를 끓여버린다. 게다가 자취생이란 편리함을 위해 입으로 들어갈 것들을 미리 한입 크기로 손질하는 습성이 있지 않던가. 나만 그런가?

그런 점에서도 서양식 커트러리는 장벽이 높은 물건이었던 것이다. 이럴 바엔 홍조의 커트러리 쪽에 집중하는 것이 마음이 편할 것 같다. 홍조에게 여러 가지 습식 캔과 파우치를 꾸준히 시도해보면서 커트러리를 사용하는 횟수가 많이 늘었다. 홍조는 늘 습식을 거부하지만 수저에 캔을 덜어서 홍조 코앞에 갖다 대며 제발 좀 먹으라고 따라다니는데 그럴 때마다 조금 더 크고 안정적인 수저를 마련해야겠다는 생각을 하던 참이다. 생각난 김에 쇼핑하러 가야겠다.